Hoffmann | Der Sandmann

Reclam XL | Text und Kontext

E. T. A. Hoffmann
Der Sandmann

Herausgegeben von Max Kämper

Reclam

Der Text dieser Ausgabe ist seiten- und zeilengleich mit der Ausgabe der Universal-Bibliothek Nr. 230. Er wurde auf der Grundlage der gültigen amtlichen Rechtschreibregeln orthographisch behutsam modernisiert.

Zu E.T.A. Hoffmanns *Der Sandmann* gibt es bei Reclam
- einen *Lektüreschlüssel XL für Schülerinnen und Schüler* (Nr. 15468)
- *Erläuterungen und Dokumente* (Nr. 8199)
- eine Interpretation in: *E.T.A. Hoffmann. Romane und Erzählungen* in der Reihe »Interpretationen« (Nr. 17526)

E-Book-Ausgaben finden Sie auf unserer Website
unter www.reclam.de/e-book

Reclam XL | Text und Kontext | Nr. 19237
2015 Philipp Reclam jun. GmbH & Co. KG,
Siemensstraße 32, 71254 Ditzingen
Gestaltung: Cornelia Feyll, Friedrich Forssman
Druck und Bindung: Kösel GmbH & Co. KG,
Am Buchweg 1, 87452 Altusried-Krugzell
Printed in Germany 2019
RECLAM ist eine eingetragene Marke
der Philipp Reclam jun. GmbH & Co. KG, Stuttgart
ISBN 978-3-15-019237-5

Auch als E-Book erhältlich

www.reclam.de

Die Reihe bietet neben dem Text Worterläuterungen in Form von Fußnoten und Sacherläuterungen in Form von Anmerkungen im Anhang, auf die am Rand mit Pfeilen (↗) verwiesen wird.

Nathanael an Lothar

Gewiss seid ihr alle voll Unruhe, dass ich so lange – lange nicht geschrieben. Mutter zürnt wohl, und Clara mag glauben, ich lebe hier in Saus und Braus und vergesse mein holdes Engelsbild, so tief mir in Herz und Sinn eingeprägt, ganz und gar. – Dem ist aber nicht so; täglich und stündlich gedenke ich eurer aller und in süßen Träumen geht meines holden Clärchens freundliche Gestalt vorüber und lächelt mich mit ihren hellen Augen so anmutig an, wie sie wohl pflegte, wenn ich zu euch hineintrat. – Ach wie vermochte ich denn euch zu schreiben, in der zerrissenen Stimmung des Geistes, die mir bisher alle Gedanken verstörte! – Etwas Entsetzliches ist in mein Leben getreten! – Dunkle Ahnungen eines grässlichen mir drohenden Geschicks breiten sich wie schwarze Wolkenschatten über mich aus, undurchdringlich jedem freundlichen Sonnenstrahl. – Nun soll ich dir sagen, was mir widerfuhr. Ich muss es, das sehe ich ein, aber nur es denkend, lacht es wie toll aus mir heraus. – Ach mein herzlieber Lothar! wie fange ich es denn an, dich nur einigermaßen empfinden zu lassen, dass das, was mir vor einigen Tagen geschah, denn wirklich mein Leben so feindlich zerstören konnte! Wärst du nur hier, so könntest du selbst schauen; aber jetzt hältst du mich gewiss für einen aberwitzigen Geisterseher. – Kurz und gut, das Entsetzliche, was mir geschah, dessen tödlichen Eindruck zu vermeiden ich mich vergebens bemühe, besteht in nichts anderm, als dass vor einigen Tagen, nämlich am 30. Oktober mittags um 12 Uhr, ein Wetterglashändler in meine Stube trat und mir seine Ware anbot. Ich kaufte nichts und drohte, ihn die Treppe herabzuwerfen, worauf er aber von selbst fortging. –

Du ahnest, dass nur ganz eigne, tief in mein Leben eingreifende Beziehungen diesem Vorfall Bedeutung geben

---

2 **Nathanael:** (hebr.) ›von Gott geschenkt‹; synonym mit (griech.) »Theodor«, Hoffmanns zweitem Vornamen | 4 **Clara:** (lat.) ›die Klare, Vernünftige‹ | 11 **wohl pflegte:** wohl zu tun pflegte | 25 **aberwitzigen:** unvernünftigen; vgl. »witzig«: geistreich | 30 **Wetterglashändler:** Wetterglas: Gerät zur Wetterprognose; Vorläufer des Barometers

können, ja, dass wohl die Person jenes unglückseligen Krämers gar feindlich auf mich wirken muss. So ist es in der Tat. Mit aller Kraft fasse ich mich zusammen, um ruhig und geduldig dir aus meiner frühern Jugendzeit so viel zu erzählen, dass deinem regen Sinn alles klar und deutlich in leuchtenden Bildern aufgehen wird. Indem ich anfangen will, höre ich dich lachen und Clara sagen: das sind ja rechte Kindereien! – Lacht, ich bitte euch, lacht mich recht herzlich aus! – ich bitt euch sehr! – Aber Gott im Himmel! die Haare sträuben sich mir und es ist, als flehe ich euch an, mich auszulachen, in wahnsinniger Verzweiflung, wie Franz Moor den Daniel. – Nun fort zur Sache! –

Außer dem Mittagsessen sahen wir, ich und mein Geschwister, Tag über den Vater wenig. Er mochte mit seinem Dienst viel beschäftigt sein. Nach dem Abendessen, das alter Sitte gemäß schon um sieben Uhr aufgetragen wurde, gingen wir alle, die Mutter mit uns, in des Vaters Arbeitszimmer und setzten uns um einen runden Tisch. Der Vater rauchte Tabak und trank ein großes Glas Bier dazu. Oft erzählte er uns viele wunderbare Geschichten und geriet darüber so in Eifer, dass ihm die Pfeife immer ausging, die ich, ihm brennend Papier hinhaltend, wieder anzünden musste, welches mir denn ein Hauptspaß war. Oft gab er uns aber Bilderbücher in die Hände, saß stumm und starr in seinem Lehnstuhl und blies starke Dampfwolken von sich, dass wir alle wie im Nebel schwammen. An solchen Abenden war die Mutter sehr traurig und kaum schlug die Uhr neun, so sprach sie: »Nun Kinder! – zu Bette! zu Bette! der Sandmann kommt, ich merk es schon.« Wirklich hörte ich dann jedesmal Etwas schweren langsamen Tritts die Treppe heraufpoltern; das musste der Sandmann sein. Einmal war mir jenes dumpfe Treten und Poltern besonders graulich; ich frug die Mutter, indem sie uns fortführte: »Ei Mama! wer ist denn der böse Sandmann, der uns immer von Papa forttreibt? – wie sieht er denn aus?« »Es gibt keinen Sandmann, mein liebes Kind«, erwiderte die Mutter; »wenn ich

1 **unglückseligen:** Unglück bringenden | 2 **Krämers:** Krämer: Kleinhändler (im Unterschied zum Kaufmann) | 13 f. **mein Geschwister:** meine Geschwister (früher gebräuchlicher kollektiver Singular) | 33 **graulich:** greulich, erschreckend | 34 **frug:** fragte

sage, der Sandmann kommt, so will das nur heißen, ihr seid schläfrig und könnt die Augen nicht offen behalten, als hätte man euch Sand hineingestreut.« – Der Mutter Antwort befriedigte mich nicht, ja in meinem kindischen Gemüt entfaltete sich deutlich der Gedanke, dass die Mutter den Sandmann nur verleugne, damit wir uns vor ihm nicht fürchten sollten, ich hörte ihn ja immer die Treppe heraufkommen. Voll Neugierde, Näheres von diesem Sandmann und seiner Beziehung auf uns Kinder zu erfahren, frug ich endlich die alte Frau, die meine jüngste Schwester wartete: was denn das für ein Mann sei, der Sandmann? »Ei Thanelchen«, erwiderte diese, »weißt du das noch nicht? Das ist ein böser Mann, der kommt zu den Kindern, wenn sie nicht zu Bett gehen wollen und wirft ihnen Händevoll Sand in die Augen, dass sie blutig zum Kopf herausspringen, die wirft er dann in den Sack und trägt sie in den Halbmond zur Atzung für seine Kinderchen; die sitzen dort im Nest und haben krumme Schnäbel, wie die Eulen, damit picken sie der unartigen Menschenkindlein Augen auf.« – Grässlich malte sich nun im Innern mir das Bild des grausamen Sandmanns aus; so wie es abends die Treppe heraufpolterte, zitterte ich vor Angst und Entsetzen. Nichts als den unter Tränen hergestotterten Ruf: der Sandmann! der Sandmann! konnte die Mutter aus mir herausbringen. Ich lief darauf in das Schlafzimmer, und wohl die ganze Nacht über quälte mich die fürchterliche Erscheinung des Sandmanns. – Schon alt genug war ich geworden, um einzusehen, dass das mit dem Sandmann und seinem Kindernest im Halbmonde, so wie es mir die Wartefrau erzählt hatte, wohl nicht ganz seine Richtigkeit haben könne; indessen blieb mir der Sandmann ein fürchterliches Gespenst, und Grauen – Entsetzen ergriff mich, wenn ich ihn nicht allein die Treppe heraufkommen, sondern auch meines Vaters Stubentür heftig aufreißen und hineintreten hörte. Manchmal blieb er lange weg, dann kam er öfter hintereinander. Jahre lang dauerte das, und nicht gewöhnen konnte ich mich an

11 **wartete:** versorgte, pflegte | 17 **Atzung:** Fütterung junger Greifvögel (Jägersprache) | 30 **Wartefrau:** Kinderfrau

den unheimlichen Spuk, nicht bleicher wurde in mir das Bild des grausigen Sandmanns. Sein Umgang mit dem Vater fing an meine Fantasie immer mehr und mehr zu beschäftigen: den Vater darum zu befragen hielt mich eine unüberwindliche Scheu zurück, aber selbst – selbst das Geheimnis zu erforschen, den fabelhaften Sandmann zu sehen, dazu keimte mit den Jahren immer mehr die Lust in mir empor. Der Sandmann hatte mich auf die Bahn des Wunderbaren, Abenteuerlichen gebracht, das so schon leicht im kindlichen Gemüt sich einnistet. Nichts war mir lieber, als schauerliche Geschichten von Kobolten, Hexen, Däumlingen usw. zu hören oder zu lesen; aber obenan stand immer der Sandmann, den ich in den seltsamsten, abscheulichsten Gestalten überall auf Tische, Schränke und Wände mit Kreide, Kohle hinzeichnete. Als ich zehn Jahre alt geworden, wies mich die Mutter aus der Kinderstube in ein Kämmerchen, das auf dem Korridor unfern von meines Vaters Zimmer lag. Noch immer mussten wir uns, wenn auf den Schlag neun Uhr sich jener Unbekannte im Hause hören ließ, schnell entfernen. In meinem Kämmerchen vernahm ich, wie er bei dem Vater hineintrat und bald darauf war es mir dann, als verbreite sich im Hause ein feiner seltsam riechender Dampf. Immer höher mit der Neugierde wuchs der Mut, auf irgendeine Weise des Sandmanns Bekanntschaft zu machen. Oft schlich ich schnell aus dem Kämmerchen auf den Korridor, wenn die Mutter vorübergegangen, aber nichts konnte ich erlauschen, denn immer war der Sandmann schon zur Türe hinein, wenn ich den Platz erreicht hatte, wo er mir sichtbar werden musste. Endlich von unwiderstehlichem Drange getrieben, beschloss ich, im Zimmer des Vaters selbst mich zu verbergen und den Sandmann zu erwarten.

An des Vaters Schweigen, an der Mutter Traurigkeit merkte ich eines Abends, dass der Sandmann kommen werde; ich schützte daher große Müdigkeit vor, verließ schon vor neun Uhr das Zimmer und verbarg mich dicht neben der Türe in einem Schlupfwinkel. Die Haustür

---

6 **den fabelhaften Sandmann:** den Sandmann aus der Fabel bzw. dem Märchen | 11 **von Kobolten:** von Kobolden: von Haus- und Naturgeistern

knarrte, durch den Flur ging es, langsamen, schweren, dröhnenden Schrittes nach der Treppe. Die Mutter eilte mit dem Geschwister mir vorüber. Leise – leise öffnete ich des Vaters Stubentür. Er saß, wie gewöhnlich, stumm und starr den Rücken der Türe zugekehrt, er bemerkte mich nicht, schnell war ich hinein und hinter der Gardine, die einem gleich neben der Türe stehenden offenen Schrank, worin meines Vaters Kleider hingen, vorgezogen war. – Näher – immer näher dröhnten die Tritte – es hustete und scharrte und brummte seltsam draußen. Das Herz bebte mir vor Angst und Erwartung. – Dicht, dicht vor der Türe ein scharfer Tritt – ein heftiger Schlag auf die Klinke, die Tür springt rasselnd auf! – Mit Gewalt mich ermannend gucke ich behutsam hervor. Der Sandmann steht mitten in der Stube vor meinem Vater, der helle Schein der Lichter brennt ihm ins Gesicht! – Der Sandmann, der fürchterliche Sandmann ist der alte Advokat Coppelius, der manchmal bei uns zu Mittage isst! –

Aber die grässlichste Gestalt hätte mir nicht tieferes Entsetzen erregen können, als eben dieser Coppelius. – Denke dir einen großen breitschultrigen Mann mit einem unförmlich dicken Kopf, erdgelbem Gesicht, buschigten grauen Augenbrauen, unter denen ein paar grünliche Katzenaugen stechend hervorfunkeln, großer, starker über die Oberlippe gezogener Nase. Das schiefe Maul verzieht sich oft zum hämischen Lachen; dann werden auf den Backen ein paar dunkelrote Flecke sichtbar und ein seltsam zischender Ton fährt durch die zusammengekniffenen Zähne. Coppelius erschien immer in einem altmodisch zugeschnittenen aschgrauen Rocke, ebensolcher Weste und gleichen Beinkleidern, aber dazu schwarze Strümpfe und Schuhe mit kleinen Steinschnallen. Die kleine Perücke reichte kaum bis über den Kopfwirbel heraus, die Kleblocken standen hoch über den großen roten Ohren und ein breiter verschlossener Haarbeutel starrte von dem Nacken weg, so dass man die silberne Schnalle sah, die die gefältelte Halsbinde schloss. Die ganze Figur war überhaupt wid-

---

17 **Advokat:** Rechtsanwalt | 17 **Coppelius:** lateinische Form, ähnlich dem italienischen »Coppola«; vgl. ital. *coppa* ›Becher, Schale‹; auch ›Augenhöhle, Schmelztiegel‹ | 26 **hämischen:** bösartigen | 33 f. **Kleblocken:** seitlich an die Perücke geklebte Haarrollen | 35 **Haarbeutel:** Seidenbeutel, um die modisch langen Haare einzubinden

rig und abscheulich; aber vor allem waren uns Kindern seine großen knotigten, haarigten Fäuste zuwider, sodass wir, was er damit berührte, nicht mehr mochten. Das hatte er bemerkt, und nun war es seine Freude, irgendein Stückchen Kuchen, oder eine süße Frucht, die uns die gute Mutter heimlich auf den Teller gelegt, unter diesem, oder jenem Vorwande zu berühren, dass wir, helle Tränen in den Augen, die Näscherei, der wir uns erfreuen sollten, nicht mehr genießen mochten vor Ekel und Abscheu. Ebenso machte er es, wenn uns an Feiertagen der Vater ein klein Gläschen süßen Weins eingeschenkt hatte. Dann fuhr er schnell mit der Faust herüber, oder brachte wohl gar das Glas an die blauen Lippen und lachte recht teuflisch, wenn wir unsern Ärger nur leise schluchzend äußern durften. Er pflegte uns nur immer die kleinen Bestien zu nennen; wir durften, war er zugegen, keinen Laut von uns geben und verwünschten den hässlichen, feindlichen Mann, der uns recht mit Bedacht und Absicht auch die kleinste Freude verdarb. Die Mutter schien ebenso, wie wir, den widerwärtigen Coppelius zu hassen; denn so wie er sich zeigte, war ihr Frohsinn, ihr heiteres unbefangenes Wesen umgewandelt in traurigen, düstern Ernst. Der Vater betrug sich gegen ihn, als sei er ein höheres Wesen, dessen Unarten man dulden und das man auf jede Weise bei guter Laune erhalten müsse. Er durfte nur leise andeuten und Lieblingsgerichte wurden gekocht und seltene Weine kredenzt.

Als ich nun diesen Coppelius sah, ging es grausig und entsetzlich in meiner Seele auf, dass ja niemand anders, als er, der Sandmann sein könne, aber der Sandmann war mir nicht mehr jener Popanz aus dem Ammenmärchen, der dem Eulennest im Halbmonde Kinderaugen zur Atzung holt – Nein! – ein hässlicher gespenstischer Unhold, der überall, wo er einschreitet, Jammer – Not – zeitliches, ewiges Verderben bringt.

Ich war festgezaubert. Auf die Gefahr entdeckt, und, wie ich deutlich dachte, hart gestraft zu werden, blieb ich

---

2 **knotigten:** knotigen | 8 **Näscherei:** Süßigkeit | 27 **kredenzt:** serviert | 31 **Popanz:** aufgeblasene Schreckgestalt zur Einschüchterung | 31 **Ammenmärchen:** Märchen, Phantasiegeschichte für kleine Kinder

stehen, den Kopf lauschend durch die Gardine hervorgestreckt. Mein Vater empfing den Coppelius feierlich. »Auf! – zum Werk«, rief dieser mit heiserer, schnarrender Stimme und warf den Rock ab. Der Vater zog still und finster seinen Schlafrock aus und beide kleideten sich in lange schwarze Kittel. Wo sie *die* hernahmen, hatte ich übersehen. Der Vater öffnete die Flügeltür eines Wandschranks; aber, ich sah, dass das, was ich so lange dafür gehalten, kein Wandschrank, sondern vielmehr eine schwarze Höhlung war, in der ein kleiner Herd stand. Coppelius trat hinzu und eine blaue Flamme knisterte auf dem Herde empor. Allerlei seltsames Geräte stand umher. Ach Gott! – wie sich nun mein alter Vater zum Feuer herabbückte, da sah er ganz anders aus. Ein grässlicher krampfhafter Schmerz schien seine sanften ehrlichen Züge zum hässlichen widerwärtigen Teufelsbilde verzogen zu haben. Er sah dem Coppelius ähnlich. Dieser schwang die glutrote Zange und holte damit hell blinkende Massen aus dem dicken Qualm, die er dann emsig hämmerte. Mir war es als würden Menschengesichter ringsumher sichtbar, aber ohne Augen – scheußliche, tiefe schwarze Höhlen statt ihrer. »Augen her, Augen her!« rief Coppelius mit dumpfer dröhnender Stimme. Ich kreischte auf von wildem Entsetzen gewaltig erfasst und stürzte aus meinem Versteck heraus auf den Boden. Da ergriff mich Coppelius, »kleine Bestie! – kleine Bestie!« meckerte er zähnefletschend! – riss mich auf und warf mich auf den Herd, dass die Flamme mein Haar zu sengen begann: »Nun haben wir Augen – Augen – ein schön Paar Kinderaugen.« So flüsterte Coppelius, und griff mit den Fäusten glutrote Körner aus der Flamme, die er mir in die Augen streuen wollte. Da hob mein Vater flehend die Hände empor und rief: »Meister! Meister! lass meinem Nathanael die Augen – lass sie ihm!« Coppelius lachte gellend auf und rief: »Mag denn der Junge die Augen behalten und sein Pensum flennen in der Welt; aber nun wollen wir doch den Mechanismus der Hände und der Füße recht observieren.« Und damit fasste er mich ge-

35 **sein Pensum:** seinen Anteil | 35 **flennen:** heulen | 37 **observieren:** beobachten, überwachen; hier: untersuchen

waltig, dass die Gelenke knackten, und schrob mir die Hände ab und die Füße und setzte sie bald hier, bald dort wieder ein. »'s steht doch überall nicht recht! 's gut so wie es war! – Der Alte hat's verstanden!« So zischte und lispelte Coppelius; aber alles um mich her wurde schwarz und finster, ein jäher Krampf durchzuckte Nerv und Gebein – ich fühlte nichts mehr. Ein sanfter warmer Hauch glitt über mein Gesicht, ich erwachte wie aus dem Todesschlaf, die Mutter hatte sich über mich hingebeugt. »Ist der Sandmann noch da?« stammelte ich. »Nein, mein liebes Kind, der ist lange, lange fort, der tut dir keinen Schaden!« – So sprach die Mutter und küsste und herzte den wiedergewonnenen Liebling. –

Was soll ich dich ermüden, mein herzlieber Lothar! was soll ich so weitläuftig Einzelnes hererzählen, da noch so vieles zu sagen übrig bleibt? Genug! – ich war bei der Lauscherei entdeckt, und von Coppelius gemisshandelt worden. Angst und Schrecken hatten mir ein hitziges Fieber zugezogen, an dem ich mehrere Wochen krank lag. »Ist der Sandmann noch da?« – Das war mein erstes gesundes Wort und das Zeichen meiner Genesung, meiner Rettung. – Nur noch den schrecklichsten Moment meiner Jugendjahre darf ich dir erzählen; dann wirst du überzeugt sein, dass es nicht meiner Augen Blödigkeit ist, wenn mir nun alles farblos erscheint, sondern, dass ein dunkles Verhängnis wirklich einen trüben Wolkenschleier über mein Leben gehängt hat, den ich vielleicht nur sterbend zerreiße. –

Coppelius ließ sich nicht mehr sehen, es hieß, er habe die Stadt verlassen.

Ein Jahr mochte vergangen sein, als wir der alten unveränderten Sitte gemäß abends an dem runden Tische saßen. Der Vater war sehr heiter und erzählte viel Ergötzliches von den Reisen, die er in seiner Jugend gemacht. Da hörten wir, als es neune schlug, plötzlich die Haustür in den Angeln knarren und langsame eisenschwere Schritte dröhnten durch den Hausflur die Treppe herauf. »Das ist

---

1 **schrob:** schraubte | 14 **herzlieber:** meinem Herzen lieber, allerherzlichster | 24 **Blödigkeit:** Schwäche

Coppelius«, sagte meine Mutter erblassend. »Ja! – es ist Coppelius«, wiederholte der Vater mit matter gebrochener Stimme. Die Tränen stürzten der Mutter aus den Augen. »Aber Vater, Vater!« rief sie, »muss es denn so sein?« »Zum letzten Male!« erwiderte dieser, »zum letzten Male kommt er zu mir, ich verspreche es dir. Geh nur, geh mit den Kindern! – Geht – geht zu Bette! Gute Nacht!«

Mir war es, als sei ich in schweren kalten Stein eingepresst – mein Atem stockte! – Die Mutter ergriff mich beim Arm als ich unbeweglich stehen blieb: »Komm Nathanael, komme nur!« – Ich ließ mich fortführen, ich trat in meine Kammer. »Sei ruhig, sei ruhig, lege dich ins Bette! – schlafe – schlafe«, rief mir die Mutter nach; aber von unbeschreiblicher innerer Angst und Unruhe gequält, konnte ich kein Auge zutun. Der verhasste abscheuliche Coppelius stand vor mir mit funkelnden Augen und lachte mich hämisch an, vergebens trachtete ich sein Bild los zu werden. Es mochte wohl schon Mitternacht sein, als ein entsetzlicher Schlag geschah, wie wenn ein Geschütz losgefeuert würde. Das ganze Haus erdröhnte, es rasselte und rauschte bei meiner Türe vorbei, die Haustüre wurde klirrend zugeworfen. »Das ist Coppelius«, rief ich entsetzt und sprang aus dem Bette. Da kreischte es auf in schneidendem trostlosen Jammer, fort stürzte ich nach des Vaters Zimmer, die Tür stand offen, erstickender Dampf quoll mir entgegen, das Dienstmädchen schrie: »Ach, der Herr! – der Herr!« – Vor dem dampfenden Herde auf dem Boden lag mein Vater tot mit schwarz verbranntem grässlich verzerrtem Gesicht, um ihn herum heulten und winselten die Schwestern – die Mutter ohnmächtig daneben! – »Coppelius, verruchter Satan, du hast den Vater erschlagen!« – So schrie ich auf; mir vergingen die Sinne. Als man zwei Tage darauf meinen Vater in den Sarg legte, waren seine Gesichtszüge wieder mild und sanft geworden, wie sie im Leben waren. Tröstend ging es in meiner Seele auf, dass sein Bund mit dem teuflischen Coppelius ihn nicht ins ewige Verderben gestürzt haben könne. –

---

31 **verruchter:** schändlicher, gemeiner

Die Explosion hatte die Nachbarn geweckt, der Vorfall wurde ruchbar und kam vor die Obrigkeit, welche den Coppelius zur Verantwortung vorfordern wollte. Der war aber spurlos vom Orte verschwunden.

Wenn ich dir nun sage, mein herzlieber Freund! dass jener Wetterglashändler eben der verruchte Coppelius war, so wirst du mir es nicht verargen, dass ich die feindliche Erscheinung als schweres Unheil bringend deute. Er war anders gekleidet, aber Coppelius' Figur und Gesichtszüge sind zu tief in mein Innerstes eingeprägt, als dass hier ein Irrtum möglich sein sollte. Zudem hat Coppelius nicht einmal seinen Namen geändert. Er gibt sich hier, wie ich höre, für einen piemontesischen Mechanicus aus, und nennt sich Giuseppe Coppola.

Ich bin entschlossen es mit ihm aufzunehmen und des Vaters Tod zu rächen, mag es denn nun gehen wie es will.

Der Mutter erzähle nichts von dem Erscheinen des grässlichen Unholds – Grüße meine liebe holde Clara, ich schreibe ihr in ruhigerer Gemütsstimmung. Lebe wohl etc. etc.

Clara an Nathanael

Wahr ist es, dass du recht lange mir nicht geschrieben hast, aber dennoch glaube ich, dass du mich in Sinn und Gedanken trägst. Denn meiner gedachtest du wohl recht lebhaft, als du deinen letzten Brief an Bruder Lothar absenden wolltest und die Aufschrift, statt an ihn, an mich richtetest. Freudig erbrach ich den Brief und wurde den Irrtum erst bei den Worten inne: Ach mein herzlieber Lothar! – Nun hätte ich nicht weiter lesen, sondern den Brief dem Bruder geben sollen. Aber, hast du mir auch sonst manchmal in kindischer Neckerei vorgeworfen, ich hätte solch ruhiges, weiblich besonnenes Gemüt, dass ich wie jene Frau, drohe das Haus den Einsturz, noch vor schneller Flucht ganz geschwinde einen falschen Kniff in der

---

2 **ruchbar:** bekannt | 7 **verargen:** arg nehmen, nachtragen | 7 **feindliche:** hier: feindselige | 13 **piemontesischen Mechanicus:** (Fein-) Mechaniker aus dem (norditalienischen) Piemont | 27 **erbrach:** zerbrach das Siegel, brach den Brief auf

Fenstergardine glattstreichen würde, so darf ich doch wohl kaum versichern, dass deines Briefes Anfang mich tief erschütterte. Ich konnte kaum atmen, es flimmerte mir vor den Augen. – Ach, mein herzgeliebter Nathanael! was konnte so Entsetzliches in dein Leben getreten sein! Trennung von dir, dich niemals wiedersehen, der Gedanke durchfuhr meine Brust wie ein glühender Dolchstich. – Ich las und las! – Deine Schilderung des widerwärtigen Coppelius ist grässlich. Erst jetzt vernahm ich, wie dein guter alter Vater solch entsetzlichen, gewaltsamen Todes starb. Bruder Lothar, dem ich sein Eigentum zustellte, suchte mich zu beruhigen, aber es gelang ihm schlecht. Der fatale Wetterglashändler Giuseppe Coppola verfolgte mich auf Schritt und Tritt und beinahe schäme ich mich, es zu gestehen, dass er selbst meinen gesunden, sonst so ruhigen Schlaf in allerlei wunderlichen Traumgebilden zerstören konnte. Doch bald, schon den andern Tag, hatte sich alles anders in mir gestaltet. Sei mir nur nicht böse, mein Inniggeliebter, wenn Lothar dir etwa sagen möchte, dass ich trotz deiner seltsamen Ahnung, Coppelius werde dir etwas Böses antun, ganz heitern unbefangenen Sinnes bin, wie immer.

Gerade heraus will ich es dir nur gestehen, dass, wie ich meine, alles Entsetzliche und Schreckliche, wovon du sprichst, nur in deinem Innern vorging, die wahre wirkliche Außenwelt aber daran wohl wenig teilhatte. Widerwärtig genug mag der alte Coppelius gewesen sein, aber dass er Kinder hasste, das brachte in euch Kindern wahren Abscheu gegen ihn hervor.

Natürlich verknüpfte sich nun in deinem kindischen Gemüt der schreckliche Sandmann aus dem Ammenmärchen mit dem alten Coppelius, der dir, glaubtest du auch nicht an den Sandmann, ein gespenstischer, Kindern vorzüglich gefährlicher, Unhold blieb. Das unheimliche Treiben mit deinem Vater zur Nachtzeit war wohl nichts anders, als dass beide insgeheim alchymistische Versuche machten, womit die Mutter nicht zufrieden sein konnte, da

---

17 **den andern Tag:** den folgenden Tag | 19 **möchte:** will | 33f. **vorzüglich:** besonders | 34 **Unhold:** böser Geist bzw. ein Ungeheuer | 36 **alchymistische Versuche:** geheimwissenschaftliche chemische Versuche zur Herstellung einer vollkommenen Materie (Gold) aus unvollkommenen Stoffen; vgl. Anm. zu 9,9f.

gewiss viel Geld unnütz verschleudert und obendrein, wie es immer mit solchen Laboranten der Fall sein soll, des Vaters Gemüt ganz von dem trügerischen Drange nach hoher Weisheit erfüllt, der Familie abwendig gemacht wurde. Der Vater hat wohl gewiss durch eigne Unvorsichtigkeit seinen Tod herbeigeführt, und Coppelius ist nicht schuld daran: Glaubst du, dass ich den erfahrnen Nachbar Apotheker gestern frug, ob wohl bei chemischen Versuchen eine solche augenblicklich tötende Explosion möglich sei? Der sagte: »Ei allerdings« und beschrieb mir nach seiner Art gar weitläufig und umständlich, wie das zugehen könne, und nannte dabei so viel sonderbar klingende Namen, die ich gar nicht zu behalten vermochte. – Nun wirst du wohl unwillig werden über deine Clara, du wirst sagen: in dies kalte Gemüt dringt kein Strahl des Geheimnisvollen, das den Menschen oft mit unsichtbaren Armen umfasst; sie erschaut nur die bunte Oberfläche der Welt und freut sich, wie das kindische Kind über die goldgleißende Frucht, in deren Innern tödliches Gift verborgen.

Ach mein herzgeliebter Nathanael! glaubst du denn nicht, dass auch in heitern – unbefangenen – sorglosen Gemütern die Ahnung wohnen könne von einer dunklen Macht, die feindlich uns in unserm eignen Selbst zu verderben strebt? – Aber verzeih es mir, wenn ich einfältig Mädchen mich unterfange, auf irgendeine Weise mir anzudeuten, was ich eigentlich von solchem Kampfe im Innern glaube. – Ich finde wohl gar am Ende nicht die rechten Worte und du lachst mich aus, nicht, weil ich was Dummes meine, sondern weil ich mich so ungeschickt anstelle, es zu sagen.

Gibt es eine dunkle Macht, die so recht feindlich und verräterisch einen Faden in unser Inneres legt, woran sie uns dann festpackt und fortzieht auf einem gefahrvollen verderblichen Wege, den wir sonst nicht betreten haben würden – gibt es eine solche Macht, so muss sie in uns sich, wie wir selbst gestalten, ja unser Selbst werden; denn nur *so* glauben wir an sie und räumen ihr den Platz ein, dessen sie bedarf, um jenes geheime Werk zu vollbringen.

---

2 **Laboranten:** Forschern, Wissenschaftlern | 4 **abwendig:** abspenstig, entfremdet | 24 **einfältig:** einfältiges, dummes | 25 **unterfange:** traue | 34f. **gibt es eine solche Macht, so muss sie in uns sich, wie wir selbst gestalten:** falls es eine solche Macht gibt, kann sie nur in uns selbst, in unserer Psyche, wirksam werden

Haben wir festen, durch das heitre Leben gestärkten, Sinn genug, um fremdes feindliches Einwirken als solches stets zu erkennen und den Weg, in den uns Neigung und Beruf geschoben, ruhigen Schrittes zu verfolgen, so geht wohl jene unheimliche Macht unter in dem vergeblichen Ringen nach der Gestaltung, die unser eignes Spiegelbild sein sollte. Es ist auch gewiss, fügt Lothar hinzu, dass die dunkle psychische Macht, haben wir uns durch uns selbst ihr hingegeben, oft fremde Gestalten, die die Außenwelt uns in den Weg wirft, in unser Inneres hineinzieht, sodass wir selbst nur den Geist entzünden, der, wie wir in wunderlicher Täuschung glauben, aus jener Gestalt spricht. Es ist das Phantom unseres eigenen Ichs, dessen innige Verwandtschaft und dessen tiefe Einwirkung auf unser Gemüt uns in die Hölle wirft, oder in den Himmel verzückt. – Du merkst, mein herzlieber Nathanael! dass wir, ich und Bruder Lothar uns recht über die Materie von dunklen Mächten und Gewalten ausgesprochen haben, die mir nun, nachdem ich nicht ohne Mühe das Hauptsächlichste aufgeschrieben, ordentlich tiefsinnig vorkommt. Lothars letzte Worte verstehe ich nicht ganz, ich ahne nur, was er meint, und doch ist es mir, als sei alles sehr wahr. Ich bitte dich, schlage dir den hässlichen Advokaten Coppelius und den Wetterglasmann Giuseppe Coppola ganz aus dem Sinn. Sei überzeugt, dass diese fremden Gestalten nichts über dich vermögen; nur der Glaube an ihre feindliche Gewalt kann sie dir in der Tat feindlich machen. Spräche nicht aus jeder Zeile deines Briefes die tiefste Aufregung deines Gemüts, schmerzte mich nicht dein Zustand recht in innerster Seele, wahrhaftig, ich könnte über den Advokaten Sandmann und den Wetterglashändler Coppelius scherzen. Sei heiter – heiter! – Ich habe mir vorgenommen, bei dir zu erscheinen, wie dein Schutzgeist, und den hässlichen Coppola, sollte er es sich etwa beikommen lassen, dir im Traum beschwerlich zu fallen, mit lautem Lachen fortzubannen. Ganz und gar nicht fürchte ich mich vor ihm und vor seinen garstigen Fäusten, er soll mir we-

---

13 **Phantom:** Trugbild | 25 f. **nichts über dich vermögen:** keine Gewalt über dich haben | 34 **beikommen:** in den Sinn kommen, einfallen

der als Advokat eine Näscherei, noch als Sandmann die Augen verderben.

Ewig, mein herzinnigstgeliebter Nathanael etc. etc. etc.

Nathanael an Lothar

Sehr unlieb ist es mir, dass Clara neulich den Brief an dich aus, freilich durch meine Zerstreutheit veranlasstem, Irrtum erbrach und las. Sie hat mir einen sehr tiefsinnigen philosophischen Brief geschrieben, worin sie ausführlich beweiset, dass Coppelius und Coppola nur in meinem Innern existieren und Phantome meines Ichs sind, die augenblicklich zerstäuben, wenn ich sie als solche, erkenne. In der Tat, man sollte gar nicht glauben, dass der Geist, der aus solch hellen hold lächelnden Kindesaugen, oft wie ein lieblicher süßer Traum, hervorleuchtet, so gar verständig, so magistermäßig distinguieren könne. Sie beruft sich auf dich. Ihr habt über mich gesprochen. Du liesest ihr wohl logische Collegia, damit sie alles fein sichten und sondern lerne. – Lass das bleiben! – Übrigens ist es wohl gewiss, dass der Wetterglashändler Giuseppe Coppola keineswegs der alte Advokat Coppelius ist. Ich höre bei dem erst neuerdings angekommenen Professor der Physik, der, ↗ wie jener berühmte Naturforscher, Spalanzani heißt und italienischer Abkunft ist, Collegia. Der kennt den Coppola schon seit vielen Jahren und überdem hört man es auch seiner Aussprache an, dass er wirklich Piemonteser ist. Coppelius war ein Deutscher, aber wie mich dünkt, kein ehrlicher. Ganz beruhigt bin ich nicht. Haltet ihr, du und Clara, mich immerhin für einen düstern Träumer, aber nicht los kann ich den Eindruck werden, den Coppelius' verfluchtes Gesicht auf mich macht. Ich bin froh, dass er fort ist aus der Stadt, wie mir Spalanzani sagt. Dieser Professor ist ein wunderlicher Kauz. Ein kleiner rundlicher Mann, das Gesicht mit starken Backenknochen, feiner Nase, aufgeworfnen Lippen, kleinen stechenden Augen.

---

6 **Zerstreutheit:** Unaufmerksamkeit | 7 **erbrach:** öffnete | 11 **zerstäuben:** zu Staub zerfallen | 15 **magistermäßig:** schulmeisterlich | 15 **distinguieren:** unterscheiden | 17 **logische Collegia:** Vorlesungen über Logik | 26 **wie mich dünkt:** wie ich glaube | 26 f. **kein ehrlicher:** kein rechtmäßiger

Doch besser, als in jeder Beschreibung, siehst du ihn, wenn du den Cagliostro, wie er von Chodowiecki in irgendeinem Berlinischen Taschenkalender steht, anschauest. – So sieht Spalanzani aus. – Neulich steige ich die Treppe herauf und nehme wahr, dass die sonst einer Glastüre dicht vorgezogene Gardine zur Seite einen kleinen Spalt lässt. Selbst weiß ich nicht, wie ich dazu kam, neugierig durchzublicken. Ein hohes, sehr schlank im reinsten Ebenmaß gewachsenes, herrlich gekleidetes Frauenzimmer saß im Zimmer vor einem kleinen Tisch, auf den sie beide Ärme, die Hände zusammengefaltet, gelegt hatte. Sie saß der Türe gegenüber, so, dass ich ihr engelschönes Gesicht ganz erblickte. Sie schien mich nicht zu bemerken, und überhaupt hatten ihre Augen etwas Starres, beinahe möcht ich sagen, keine Sehkraft, es war mir so, als schliefe sie mit offnen Augen. Mir wurde ganz unheimlich und deshalb schlich ich leise fort ins Auditorium, das daneben gelegen. Nachher erfuhr ich, dass die Gestalt, die ich gesehen, Spalanzanis Tochter, Olimpia war, die er sonderbarer und schlechter Weise einsperrt, so, dass durchaus kein Mensch in ihre Nähe kommen darf. – Am Ende hat es eine Bewandtnis mit ihr, sie ist vielleicht blödsinnig oder sonst. – Weshalb schreibe ich dir aber das alles? Besser und ausführlicher hätte ich dir das mündlich erzählen können. Wisse nämlich, dass ich über vierzehn Tage bei euch bin. Ich muss mein süßes liebes Engelsbild, meine Clara, wiedersehen. Weggehaucht wird dann die Verstimmung sein, die sich (ich muss das gestehen) nach dem fatalen verständigen Briefe meiner bemeistern wollte. Deshalb schreibe ich auch heute nicht an sie.

Tausend Grüße etc. etc. etc.

Seltsamer und wunderlicher kann nichts erfunden werden, als dasjenige ist, was sich mit meinem armen Freunde, dem jungen Studenten Nathanael, zugetragen, und was

11 **Ärme:** Arme | 17 **Auditorium:** Hörsaal einer Universität | 19 **Olimpia:** ital. Form von Olympia: »die Himmlische« | 22 **blödsinnig:** blöd, dumm | 28 f. **fatalen:** verhängnisvollen; peinlichen | 29 **bemeistern:** bemächtigen

ich dir, günstiger Leser! zu erzählen unternommen. Hast du, Geneigtester! wohl jemals etwas erlebt, das deine Brust, Sinn und Gedanken ganz und gar erfüllte, alles andere daraus verdrängend? Es gärte und kochte in dir, zur siedenden Glut entzündet sprang das Blut durch die Adern und färbte höher deine Wangen. Dein Blick war so seltsam als wolle er Gestalten, keinem andern Auge sichtbar, im leeren Raum erfassen und die Rede zerfloss in dunkle Seufzer. Da frugen dich die Freunde: »Wie ist Ihnen, Verehrter? – Was haben Sie, Teurer?« Und nun wolltest du das innere Gebilde mit allen glühenden Farben und Schatten und Lichtern aussprechen und mühtest dich ab, Worte zu finden, um nur anzufangen. Aber es war dir, als müsstest du nun gleich im ersten Wort alles Wunderbare, Herrliche, Entsetzliche, Lustige, Grauenhafte, das sich zugetragen, recht zusammengreifen, sodass es, wie ein elektrischer Schlag, alle treffe. Doch jedes Wort, alles was Rede vermag, schien dir farblos und frostig und tot. Du suchst und suchst, und stotterst und stammelst, und die nüchternen Fragen der Freunde schlagen, wie eisige Windeshauche, hinein in deine innere Glut, bis sie verlöschen will. Hattest du aber, wie ein kecker Maler, erst mit einigen verwegenen Strichen, den Umriss deines innern Bildes hingeworfen, so trugst du mit leichter Mühe immer glühender und glühender die Farben auf und das lebendige Gewühl mannigfacher Gestalten riss die Freunde fort und sie sahen, wie du, sich selbst mitten im Bilde, das aus deinem Gemüt hervorgegangen! – Mich hat, wie ich es dir, geneigter Leser! gestehen muss, eigentlich niemand nach der Geschichte des jungen Nathanael gefragt; du weißt ja aber wohl, dass ich zu dem wunderlichen Geschlechte der Autoren gehöre, denen, tragen sie etwas so in sich, wie ich es vorhin beschrieben, so zu Mute wird, als frage jeder, der in ihre Nähe kommt und nebenher auch wohl noch die ganze Welt: »Was ist es denn? Erzählen Sie Liebster?« – So trieb es mich denn gar gewaltig, von Nathanaels verhängnisvollem Leben zu dir zu sprechen. Das Wunderba-

6 **höher:** röter | 22 **kecker:** furchtloser, beherzter

re, Seltsame davon erfüllte meine ganze Seele, aber eben deshalb und weil ich dich, o mein Leser! gleich geneigt machen musste, Wunderliches zu ertragen, welches nichts Geringes ist, quälte ich mich ab, Nathanaels Geschichte, bedeutend – originell, ergreifend, anzufangen: »Es war einmal« – der schönste Anfang jeder Erzählung, zu nüchtern! – »In der kleinen Provinzial-Stadt S. lebte« – etwas besser, wenigstens ausholend zum Klimax. – Oder gleich medias in res: »›Scher Er sich zum Teufel‹, rief, Wut und Entsetzen im wilden Blick, der Student Nathanael, als der Wetterglashändler Giuseppe Coppola« – Das hatte ich in der Tat schon aufgeschrieben, als ich in dem wilden Blick des Studenten Nathanael etwas Possierliches zu verspüren glaubte; die Geschichte ist aber gar nicht spaßhaft. Mir kam keine Rede in den Sinn, die nur im mindesten etwas von dem Farbenglanz des innern Bildes abzuspiegeln schien. Ich beschloss gar nicht anzufangen. Nimm, geneigter Leser! die drei Briefe, welche Freund Lothar mir gütigst mitteilte, für den Umriss des Gebildes, in das ich nun erzählend immer mehr und mehr Farbe hineinzutragen mich bemühen werde. Vielleicht gelingt es mir, manche Gestalt, wie ein guter Portraitmaler, so aufzufassen, dass du es ähnlich findest, ohne das Original zu kennen, ja dass es dir ist, als hättest du die Person recht oft schon mit leibhaftigen Augen gesehen. Vielleicht wirst du, o mein Leser! dann glauben, dass nichts wunderlicher und toller sei, als das wirkliche Leben und dass dieses der Dichter doch nur, wie in eines matt geschliffnen Spiegels dunklem Widerschein, auffassen könne. ↗

Damit klarer werde, was gleich anfangs zu wissen nötig, ist jenen Briefen noch hinzuzufügen, dass bald darauf, als Nathanaels Vater gestorben, Clara und Lothar, Kinder eines weitläuftigen Verwandten, der ebenfalls gestorben und sie verwaist nachgelassen, von Nathanaels Mutter ins Haus genommen wurden. Clara und Nathanael fassten eine heftige Zuneigung zueinander, wogegen kein Mensch auf Erden etwas einzuwenden hatte; sie waren daher Ver-

---

8 **Klimax:** (griech.) ›Treppe‹; rhetorische Figur: stufenweise Steigerung von Ausdrücken | 9 **medias in res:** (lat.) gleich zur Sache, mitten ins Geschehen | 13 **Possierliches:** Drolliges, Lustiges | 19 **mitteilte:** übergab | 19 **Gebildes:** Gegenstands, Konstrukts

lobte, als Nathanael den Ort verließ um seine Studien in G.– fortzusetzen. Da ist er nun in seinem letzten Briefe und hört Collegia bei dem berühmten Professor Physices, Spalanzani.

Nun könnte ich getrost in der Erzählung fortfahren; aber in dem Augenblick steht Claras Bild so lebendig mir vor Augen, dass ich nicht wegschauen kann, so wie es immer geschah, wenn sie mich hold lächelnd anblickte. – Für schön konnte Clara keineswegs gelten; das meinten alle, die sich von Amts wegen auf Schönheit verstehen. Doch lobten die Architekten die reinen Verhältnisse ihres Wuchses, die Maler fanden Nacken, Schultern und Brust beinahe zu keusch geformt, verliebten sich dagegen sämtlich in das wunderbare Magdalenenhaar und faselten überhaupt viel von Battonischem Kolorit. Einer von ihnen, ein wirklicher Fantast, verglich aber höchstseltsamer Weise Claras Augen mit einem See von Ruisdael, in dem sich des wolkenlosen Himmels reines Azur, Wald und Blumenflur, der reichen Landschaft ganzes buntes, heitres Leben spiegelt. Dichter und Meister gingen aber weiter und sprachen: »Was See – was Spiegel! – Können wir denn das Mädchen anschauen, ohne dass uns aus ihrem Blick wunderbare himmlische Gesänge und Klänge entgegenstrahlen, die in unser Innerstes dringen, dass das alles wach und rege wird? Singen wir selbst dann nichts wahrhaft Gescheutes, so ist überhaupt nicht viel an uns und das lesen wir denn auch deutlich in dem um Claras Lippen schwebenden feinen Lächeln, wenn wir uns unterfangen, ihr etwas vorzuquinkelieren, das so tun will als sei es Gesang, unerachtet nur einzelne Töne verworren durcheinander springen.« Es war dem so. Clara hatte die lebenskräftige Fantasie des heitern unbefangenen, kindischen Kindes, ein tiefes weiblich zartes Gemüt, einen gar hellen scharf sichtenden Verstand. Die Nebler und Schwebler hatten bei ihr böses Spiel; denn ohne zu viel zu reden, was überhaupt in Claras schweigsamer Natur nicht lag, sagte ihnen der helle Blick, und jenes feine ironische Lächeln: Lieben Freunde!

---

3 **Professor Physices:** Professor der Naturkunde | 13 **zu keusch:** zu sittsam, zu wenig sinnlich | 15 **Battonischem Kolorit:** Farbgebung wie bei dem italienischen Maler Battoni (1708–97) | 16 **Fantast:** Spinner | 18 **Azur:** Hellblau | 25 f. **Gescheutes:** Gescheites | 29 **vorzuquinkelieren:** Kunstwort: vorzuträllern | 34 **Nebler und Schwebler:** weltfremde Phantasten

wie möget ihr mir denn zumuten, dass ich eure verfließende Schattengebilde für wahre Gestalten ansehen soll, mit Leben und Regung? – Clara wurde deshalb von vielen kalt, gefühllos, prosaisch gescholten; aber andere, die das Leben in klarer Tiefe aufgefasst, liebten ungemein das gemütvolle, verständige, kindliche Mädchen, doch keiner so sehr, als Nathanael, der sich in Wissenschaft und Kunst kräftig und heiter bewegte. Clara hing an dem Geliebten mit ganzer Seele; die ersten Wolkenschatten zogen durch ihr Leben, als er sich von ihr trennte. Mit welchem Entzücken flog sie in seine Arme, als er nun, wie er im letzten Briefe an Lothar es verheißen, wirklich in seiner Vaterstadt ins Zimmer der Mutter eintrat. Es geschah so wie Nathanael geglaubt; denn in dem Augenblick, als er Clara wiedersah, dachte er weder an den Advokaten Coppelius, noch an Claras verständigen Brief, jede Verstimmung war verschwunden.

Recht hatte aber Nathanael doch, als er seinem Freunde Lothar schrieb, dass des widerwärtigen Wetterglashändlers Coppola Gestalt recht feindlich in sein Leben getreten sei. Alle fühlten das, da Nathanael gleich in den ersten Tagen in seinem ganzen Wesen durchaus verändert sich zeigte. Er versank in düstre Träumereien, und trieb es bald so seltsam, wie man es niemals von ihm gewohnt gewesen. Alles, das ganze Leben war ihm Traum und Ahnung geworden; immer sprach er davon, wie jeder Mensch, sich frei wähnend, nur dunklen Mächten zum grausamen Spiel diene, vergeblich lehne man sich dagegen auf, demütig müsse man sich dem fügen, was das Schicksal verhängt habe. Er ging so weit, zu behaupten, dass es töricht sei, wenn man glaube, in Kunst und Wissenschaft nach selbsttätiger Willkür zu schaffen; denn die Begeisterung, in der man nur zu schaffen fähig sei, komme nicht aus dem eignen Innern, sondern sei das Einwirken irgendeines außer uns selbst liegenden höheren Prinzips.

Der verständigen Clara war diese mystische Schwärmerei im höchsten Grade zuwider, doch schien es vergebens,

---

4 **prosaisch:** nüchtern, phantasielos | 25 **das ganze Leben war ihm Traum:** vgl. das Theaterstück *La vida es sueño* (*Das Leben ein Traum*) von Pedro Calderón de la Barca (1600–81) über Schicksal und freien Willen | 26 f. **sich frei wähnend:** sich für frei haltend | 32 **Willkür:** Ungebundenheit | 36 **mystische:** übersinnliche

sich auf Widerlegung einzulassen. Nur dann, wenn Nathanael bewies, dass Coppelius das böse Prinzip sei, was ihn in dem Augenblick erfasst habe, als er hinter dem Vorhange lauschte, und dass dieser widerwärtige *Dämon* auf entsetzliche Weise ihr Liebesglück stören werde, da wurde Clara sehr ernst und sprach: »Ja Nathanael! Du hast Recht, Coppelius ist ein böses feindliches Prinzip, er kann Entsetzliches wirken, wie eine teuflische Macht, die sichtbarlich in das Leben trat, aber nur dann, wenn du ihn nicht aus Sinn und Gedanken verbannst. Solange du an ihn glaubst, *ist* er auch und wirkt, nur dein Glaube ist seine Macht.« – Nathanael, ganz erzürnt, dass Clara die Existenz des *Dämons* nur in seinem eignen Innern statuiere, wollte dann hervorrücken mit der ganzen mystischen Lehre von Teufeln und grausen Mächten, Clara brach aber verdrüsslich ab, indem sie irgendetwas Gleichgültiges dazwischenschob, zu Nathanaels nicht geringem Ärger. *Der* dachte, kalten unempfänglichen Gemütern erschließen sich solche tiefe Geheimnisse nicht, ohne sich deutlich bewusst zu sein, dass er Clara eben zu solchen untergeordneten Naturen zähle, weshalb er nicht abließ mit Versuchen, sie in jene Geheimnisse einzuweihen. Am frühen Morgen, wenn Clara das Frühstück bereiten half, stand er bei ihr und las ihr aus allerlei mystischen Büchern vor, dass Clara bat: »Aber lieber Nathanael, wenn ich *dich* nun das böse Prinzip schelten wollte, das feindlich auf meinen Kaffee wirkt? – Denn, wenn ich, wie du es willst, alles stehen und liegen lassen und dir, indem du liesest, in die Augen schauen soll, so läuft mir der Kaffee ins Feuer und ihr bekommt alle kein Frühstück!« – Nathanael klappte das Buch heftig zu und rannte voll Unmut fort in sein Zimmer. Sonst hatte er eine besondere Stärke in anmutigen, lebendigen Erzählungen, die er aufschrieb, und die Clara mit dem innigsten Vergnügen anhörte, jetzt waren seine Dichtungen düster, unverständlich, gestaltlos, sodass, wenn Clara schonend es auch nicht sagte, er doch wohl fühlte, wie wenig sie davon angesprochen wurde. Nichts

---

13 f. **statuiere:** annehme, festlege | 15 **grausen:** grausigen | 16 **verdrüsslich:** verdrießlich, genervt | 18 **erschließen:** offenbaren | 21 **abließ:** abließ von, aufhörte mit | 26 **schelten:** schimpfen

war für Clara tötender, als das Langweilige; in Blick und Rede sprach sie dann ihre nicht zu besiegende geistige Schläfrigkeit aus. Nathanaels Dichtungen waren in der Tat sehr langweilig. Sein Verdruss über Claras kaltes prosaisches Gemüt stieg höher, Clara konnte ihren Unmut über Nathanaels dunkle, düstere, langweilige Mystik nicht überwinden, und so entfernten beide im Innern sich immer mehr voneinander, ohne es selbst zu bemerken. Die Gestalt des hässlichen Coppelius war, wie Nathanael selbst es sich gestehen musste, in seiner Fantasie erbleicht und es kostete ihm oft Mühe, ihn in seinen Dichtungen, wo er als grauser Schicksalspopanz auftrat, recht lebendig zu kolorieren. Es kam ihm endlich ein, jene düstre Ahnung, dass Coppelius sein Liebesglück stören werde, zum Gegenstande eines Gedichts zu machen. Er stellte sich und Clara dar, in treuer Liebe verbunden, aber dann und wann war es, als griffe eine schwarze Faust in ihr Leben und risse irgendeine Freude heraus, die ihnen aufgegangen. Endlich, als sie schon am Traualtar stehen, erscheint der entsetzliche Coppelius und berührt Claras holde Augen: *die* springen in Nathanaels Brust wie blutige Funken sengend und brennend, Coppelius fasst ihn und wirft ihn in einen flammenden Feuerkreis, der sich dreht mit der Schnelligkeit des Sturmes und ihn sausend und brausend fortreißt. Es ist ein Tosen, als wenn der Orkan grimmig hineinpeitscht in die schäumenden Meereswellen, die sich wie schwarze, weißhauptige Riesen emporbäumen in wütendem Kampfe. Aber durch dies wilde Tosen hört er Claras Stimme: »Kannst du mich denn nicht erschauen? Coppelius hat dich getäuscht, das waren ja nicht meine Augen, die so in deiner Brust brannten, das waren ja glühende Tropfen deines eignen Herzbluts – ich habe ja meine Augen, sieh mich doch nur an!« – Nathanael denkt: das ist Clara, und ich bin ihr Eigen ewiglich. – Da ist es, als fasst der Gedanke gewaltig in den Feuerkreis hinein, dass er stehen bleibt, und im schwarzen Abgrund verrauscht dumpf das Getöse. Nathanael blickt in Claras Augen; aber

---

10 **erbleicht:** bleich, unkenntlich geworden | 13 **kolorieren:** mit Farben versehen | 13 **Es kam ihm endlich ein:** Er verfiel schließlich auf den Gedanken

es ist der Tod, der mit Claras Augen ihn freundlich anschaut.

Während Nathanael dies dichtete, war er sehr ruhig und besonnen, er feilte und besserte an jeder Zeile und da er sich dem metrischen Zwange unterworfen, ruhte er nicht, bis alles rein und wohlklingend sich fügte. Als er jedoch nun endlich fertig worden, und das Gedicht für sich laut las, da fasste ihn Grausen und wildes Entsetzen und er schrie auf: »Wessen grauenvolle Stimme ist das?« – Bald schien ihm jedoch das Ganze wieder nur eine sehr gelungene Dichtung, und es war ihm, als müsse Claras kaltes Gemüt dadurch entzündet werden, wiewohl er nicht deutlich dachte, wozu denn Clara entzündet, und wozu es denn nun eigentlich führen solle, sie mit den grauenvollen Bildern zu ängstigen, die ein entsetzliches, ihre Liebe zerstörendes Geschick weissagten. Sie, Nathanael und Clara, saßen in der Mutter kleinem Garten, Clara war sehr heiter, weil Nathanael sie seit drei Tagen, in denen er an jener Dichtung schrieb, nicht mit seinen Träumen und Ahnungen geplagt hatte. Auch Nathanael sprach lebhaft und froh von lustigen Dingen wie sonst, so, dass Clara sagte: »Nun erst habe ich dich ganz wieder, siehst du es wohl, wie wir den hässlichen Coppelius vertrieben haben?« Da fiel dem Nathanael erst ein, dass er ja die Dichtung in der Tasche trage, die er habe vorlesen wollen. Er zog auch sogleich die Blätter hervor und fing an zu lesen: Clara, etwas Langweiliges wie gewöhnlich vermutend und sich darein ergebend, fing an, ruhig zu stricken. Aber so wie immer schwärzer und schwärzer das düstre Gewölk aufstieg, ließ sie den Strickstrumpf sinken und blickte starr dem Nathanael ins Auge. *Den* riss seine Dichtung unaufhaltsam fort, hochrot färbte seine Wangen die innere Glut, Tränen quollen ihm aus den Augen – Endlich hatte er geschlossen, er stöhnte in tiefer Ermattung – er fasste Claras Hand und seufzte wie aufgelöst in trostlosem Jammer: »Ach! – Clara – Clara« – Clara drückte ihn sanft an ihren Busen und sagte leise, aber sehr langsam und ernst: »Nathanael –

5 **dem metrischen Zwange unterworfen:** ein festes Versmaß für sein »Gedicht« gewählt hatte | 7 **worden:** geworden

mein herzlieber Nathanael! – wirf das tolle – unsinnige – wahnsinnige Märchen ins Feuer.« Da sprang Nathanael entrüstet auf und rief, Clara von sich stoßend: »Du lebloses, verdammtes Automat!« Er rannte fort, bittre Tränen vergoss die tief verletzte Clara: »Ach er hat mich niemals geliebt, denn er versteht mich nicht«, schluchzte sie laut. – Lothar trat in die Laube; Clara musste ihm erzählen was vorgefallen; er liebte seine Schwester mit ganzer Seele, jedes Wort ihrer Anklage fiel wie ein Funke in sein Inneres, so, dass der Unmut, den er wider den träumerischen Nathanael lange im Herzen getragen, sich entzündete zum wilden Zorn. Er lief zu Nathanael, er warf ihm das unsinnige Betragen gegen die geliebte Schwester in harten Worten vor, die der aufbrausende Nathanael ebenso erwiderte. Ein fantastischer, wahnsinniger Geck wurde mit einem miserablen, gemeinen Alltagsmenschen erwidert. Der Zweikampf war unvermeidlich. Sie beschlossen, sich am folgenden Morgen hinter dem Garten nach dortiger akademischer Sitte mit scharf geschliffenen Stoßrapieren zu schlagen. Stumm und finster schlichen sie umher, Clara hatte den heftigen Streit gehört und gesehen, dass der Fechtmeister in der Dämmerung die Rapiere brachte. Sie ahnte was geschehen sollte. Auf dem Kampfplatz angekommen hatten Lothar und Nathanael soeben düsterschweigend die Röcke abgeworfen, blutdürstige Kampflust im brennenden Auge wollten sie gegeneinander ausfallen, als Clara durch die Gartentür herbeistürzte. Schluchzend rief sie laut: »Ihr wilden entsetzlichen Menschen! – stoßt mich nur gleich nieder, ehe ihr euch anfallt; denn wie soll ich denn länger leben auf der Welt, wenn der Geliebte den Bruder, oder wenn der Bruder den Geliebten ermordet hat!« – Lothar ließ die Waffe sinken und sah schweigend zur Erde nieder, aber in Nathanaels Innern ging in herzzerreißender Wehmut alle Liebe wieder auf, wie er sie jemals in der herrlichen Jugendzeit schönsten Tagen für die holde Clara empfunden. Das Mordgewehr entfiel seiner Hand, er stürzte zu Claras Füßen. »Kannst

15 **Geck:** Narr | 16 **miserablen:** hier: niedrigen | 16 **gemeinen:** hier: allgemeinen, gewöhnlichen | 19 **Stoßrapieren:** Fechtwaffen mit schmalen Klingen für ein Duell | 20 **schlagen:** sich duellieren | 36 **Mordgewehr:** Mordwaffe

du mir denn jemals verzeihen, du meine einzige, meine herzgeliebte Clara! – Kannst du mir verzeihen, mein herzlieber Bruder Lothar!« – Lothar wurde gerührt von des Freundes tiefem Schmerz; unter tausend Tränen umarmten sich die drei versöhnten Menschen und schwuren, nicht voneinander zu lassen in steter Liebe und Treue.

Dem Nathanael war es zu Mute, als sei eine schwere Last, die ihn zu Boden gedrückt, von ihm abgewälzt, ja als habe er, Widerstand leistend der finstern Macht, die ihn befangen, sein ganzes Sein, dem Vernichtung drohte, gerettet. Noch drei selige Tage verlebte er bei den Lieben, dann kehrte er zurück nach G., wo er noch ein Jahr zu bleiben, dann aber auf immer nach seiner Vaterstadt zurückzukehren gedachte.

Der Mutter war alles, was sich auf Coppelius bezog, verschwiegen worden; denn man wusste, dass sie nicht ohne Entsetzen an ihn denken konnte, weil sie, wie Nathanael, ihm den Tod ihres Mannes Schuld gab.

Wie erstaunte Nathanael, als er in seine Wohnung wollte und sah, dass das ganze Haus niedergebrannt war, sodass aus dem Schutthaufen nur die nackten Feuermauern hervorragten. Unerachtet das Feuer in dem Laboratorium des Apothekers, der im untern Stocke wohnte, ausgebrochen war, das Haus daher von unten herauf gebrannt hatte, so war es doch den kühnen, rüstigen Freunden gelungen, noch zu rechter Zeit in Nathanaels im obern Stock gelegenes Zimmer zu dringen, um Bücher, Manuskripte, Instrumente zu retten. Alles hatten sie unversehrt in ein anderes Haus getragen, und dort ein Zimmer in Beschlag genommen, welches Nathanael nun sogleich bezog. Nicht sonderlich achtete er darauf, dass er dem Professor Spalanzani gegenüber wohnte, und ebenso wenig schien es ihn etwas Besonderes, als er bemerkte, dass er aus seinem Fenster gerade hinein in das Zimmer blickte, wo oft

3 **Bruder:** Kommilitone (damals übliche Anrede unter Studenten als ›Mitglied einer Bruderschaft‹) | 18 **ihm den Tod ihres Mannes Schuld gab:** ihm die Schuld am Tod ihres Mannes gab

Olimpia einsam saß, so, dass er ihre Figur deutlich erkennen konnte, wiewohl die Züge des Gesichts undeutlich und verworren blieben. Wohl fiel es ihm endlich auf, dass Olimpia oft stundenlang in derselben Stellung, wie er sie einst durch ihre Glastüre entdeckte, ohne irgendeine Beschäftigung an einem kleinen Tische saß und dass sie offenbar unverwandten Blickes nach ihm herüberschaute; er musste sich auch selbst gestehen, dass er nie einen schöneren Wuchs gesehen; indessen, Clara im Herzen, blieb ihm die steife, starre Olimpia höchst gleichgültig und nur zuweilen sah er flüchtig über sein Kompendium herüber nach der schönen Bildsäule, das war alles. – Eben schrieb er an Clara, als es leise an die Türe klopfte; sie öffnete sich auf seinen Zuruf und Coppolas widerwärtiges Gesicht sah hinein. Nathanael fühlte sich im Innersten erbeben; eingedenk dessen, was ihm Spalanzani über den Landsmann Coppola gesagt und was er auch rücksichts des Sandmanns Coppelius der Geliebten so heilig versprochen, schämte er sich aber selbst seiner kindischen Gespensterfurcht, nahm sich mit aller Gewalt zusammen und sprach so sanft und gelassen, als möglich: »Ich kaufe kein Wetterglas, mein lieber Freund! gehen Sie nur!« Da trat aber Coppola vollends in die Stube und sprach mit heiserem Ton, indem sich das weite Maul zum hässlichen Lachen verzog und die kleinen Augen unter den grauen langen Wimpern stechend hervorfunkelten: »Ei, nix Wetterglas, nix Wetterglas! – hab auch sköne Oke – sköne Oke!« – Entsetzt rief Nathanael: »Toller Mensch, wie kannst du Augen haben? – Augen – Augen? –« Aber in dem Augenblick hatte Coppola seine Wettergläser beiseite gesetzt, griff in die weiten Rocktaschen und holte Lorgnetten und Brillen heraus, die er auf den Tisch legte. – »Nu – Nu – Brill' – Brill' auf der Nas' su setze, das sein meine Oke – sköne Oke!« – Und damit holte er immer mehr und mehr Brillen heraus, so, dass es auf dem ganzen Tisch seltsam zu flimmern und zu funkeln begann. Tausend Augen blickten und zuckten krampfhaft und starrten auf zum

---

11 **Kompendium:** Lehrbuch | 12 **Bildsäule:** säulenähnliches Standbild | 27 **sköne Oke:** deutsch-italienisches Sprachgemisch, gebrochenes Deutsch, vgl. ital. *occhi* ›Augen‹ | 31 **Lorgnetten:** Brillen, die mit einem Stielgriff vor die Augen gehalten werden

Nathanael; aber er konnte nicht wegschauen von dem Tisch, und immer mehr Brillen legte Coppola hin, und immer wilder und wilder sprangen flammende Blicke durcheinander und schossen ihre blutrote Strahlen in Nathanaels Brust. Übermannt von tollem Entsetzen schrie er auf: »Halt ein! halt ein, fürchterlicher Mensch!« – Er hatte Coppola, der eben in die Tasche griff, um noch mehr Brillen herauszubringen, unerachtet schon der ganze Tisch überdeckt war, beim Arm festgepackt, Coppola machte sich mit heiserem widrigen Lachen sanft los und mit den Worten: »Ah! – nix für Sie – aber hier sköne Glas« – hatte er alle Brillen zusammengerafft, eingesteckt und aus der Seitentasche des Rocks eine Menge großer und kleiner Perspektive hervorgeholt. Sowie die Brillen fort waren, wurde Nathanael ganz ruhig und an Clara denkend sah er wohl ein, dass der entsetzliche Spuk nur aus seinem Innern hervorgegangen, sowie dass Coppola ein höchst ehrlicher Mechanicus und Opticus, keinesweges aber Coppelii verfluchter Doppeltgänger und Revenant sein könne. Zudem hatten alle Gläser, die Coppola nun auf den Tisch gelegt, gar nichts Besonderes, am wenigsten so etwas Gespenstisches wie die Brillen und, um alles wiedergutzumachen, beschloss Nathanael dem Coppola jetzt wirklich etwas abzukaufen. Er ergriff ein kleines sehr sauber gearbeitetes Taschenperspektiv und sah, um es zu prüfen, durch das Fenster. Noch im Leben war ihm kein Glas vorgekommen, das die Gegenstände so rein, scharf und deutlich dicht vor die Augen rückte. Unwillkürlich sah er hinein in Spalanzanis Zimmer; Olimpia saß, wie gewöhnlich, vor dem kleinen Tisch, die Ärme daraufgelegt, die Hände gefaltet. – Nun erschaute Nathanael erst Olimpias wunderschön geformtes Gesicht. Nur die Augen schienen ihm gar seltsam starr und tot. Doch wie er immer schärfer und schärfer durch das Glas hinschaute, war es, als gingen in Olimpias Augen feuchte Mondesstrahlen auf. Es schien, als wenn nun erst die Sehkraft entzündet würde; immer lebendiger und lebendiger flammten die Blicke. Nathanael

---

5 **tollem:** wahnsinnigem | 8 **unerachtet:** ohne darauf zu achten, dass | 10 **widrigen:** hier: abstoßenden | 14 **Perspektive:** (lat.) monokulare Fernrohre (Spektive) | 18 **Opticus:** (lat.) Optiker | 19 **Coppelii … Revenant:** (lat.) Coppelius' Wiedergänger bzw. Gespenst

lag wie festgezaubert im Fenster, immer fort und fort die himmlisch-schöne Olimpia betrachtend. Ein Räuspern und Scharren weckte ihn, wie aus tiefem Traum. Coppola stand hinter ihm: »Tre Zechini – drei Dukat« – Nathanael hatte den Opticus rein vergessen, rasch zahlte er das Verlangte: »Nick so? – sköne Glas – sköne Glas!« frug Coppola mit seiner widerwärtigen heisern Stimme und dem hämischen Lächeln. »Ja, ja, ja!« erwiderte Nathanael verdrießlich: »Adieu, lieber Freund!« – Coppola verließ nicht ohne viele seltsame Seitenblicke auf Nathanael, das Zimmer. Er hörte ihn auf der Treppe laut lachen. »Nun ja«, meinte Nathanael, »er lacht mich aus, weil ich ihm das kleine Perspektiv gewiss viel zu teuer bezahlt habe – zu teuer bezahlt!« – Indem er diese Worte leise sprach, war es, als halle ein tiefer Todesseufzer grauenvoll durch das Zimmer, Nathanaels Atem stockte vor innerer Angst. – Er hatte ja aber selbst so aufgeseufzt, das merkte er wohl. »Clara«, sprach er zu sich selber, »hat wohl Recht, dass sie mich für einen abgeschmackten Geisterseher hält; aber ↗ närrisch ist es doch – ach wohl mehr, als närrisch, dass mich der dumme Gedanke, ich hätte das Glas dem Coppola zu teuer bezahlt, noch jetzt so sonderbar ängstigt; den Grund davon sehe ich gar nicht ein.« – Jetzt setzte er sich hin, um den Brief an Clara zu enden, aber ein Blick durchs Fenster überzeugte ihn, dass Olimpia noch da säße und im Augenblick, wie von unwiderstehlicher Gewalt getrieben, sprang er auf, ergriff Coppolas Perspektiv und konnte nicht los von Olimpias verführerischem Anblick, bis ihn Freund und Bruder Siegmund abrief ins Kollegium bei dem Professor Spalanzani. Die Gardine vor dem verhängnisvollen Zimmer war dicht zugezogen, er konnte Olimpia ebenso wenig hier, als die beiden folgenden Tage hindurch in ihrem Zimmer, entdecken, unerachtet er kaum das Fenster verließ und fortwährend durch Coppolas Perspektiv hinüberschaute. Am dritten Tage wurden sogar die Fenster verhängt. Ganz verzweifelt und getrieben von Sehnsucht und glühendem Verlangen lief er hin-

---

4 **Tre Zechini:** drei Zec(c)hinen (»Venezianische Dukaten« – bekannt für ihre jahrhundertelange Stabilität) | 19 **abgeschmackten:** törichten, albernen | 19 **Geisterseher:** vgl. Anm. zu 3,25 | 29 **Kollegium:** Vorlesung

aus vors Tor. Olimpias Gestalt schwebte vor ihm her in den Lüften und trat aus dem Gebüsch, und guckte ihn an mit großen strahlenden Augen, aus dem hellen Bach. Claras Bild war ganz aus seinem Innern gewichen, er dachte nichts, als Olimpia und klagte ganz laut und weinerlich: »Ach du mein hoher herrlicher Liebesstern, bist du mir denn nur aufgegangen, um gleich wieder zu verschwinden, und mich zu lassen in finstrer hoffnungsloser Nacht?«

Als er zurückkehren wollte in seine Wohnung, wurde er in Spalanzanis Hause ein geräuschvolles Treiben gewahr. Die Türen standen offen, man trug allerlei Geräte hinein, die Fenster des ersten Stocks waren ausgehoben, geschäftige Mägde kehrten und stäubten mit großen Haarbesen hin und her fahrend, inwendig klopften und hämmerten Tischler und Tapezierer. Nathanael blieb in vollem Erstaunen auf der Straße stehen; da trat Siegmund lachend zu ihm und sprach: »Nun, was sagst du zu unserem alten Spalanzani?« Nathanael versicherte, dass er gar nichts sagen könne, da er durchaus nichts vom Professor wisse, vielmehr mit großer Verwunderung wahrnehme, wie in dem stillen düstern Hause ein tolles Treiben und Wirtschaften losgegangen; da erfuhr er denn von Siegmund, dass Spalanzani morgen ein großes Fest geben wolle, Konzert und Ball, und dass die halbe Universität eingeladen sei. Allgemein verbreite man, dass Spalanzani seine Tochter Olimpia, die er so lange jedem menschlichen Auge recht ängstlich entzogen, zum ersten Mal erscheinen lassen werde.

Nathanael fand eine Einladungskarte und ging mit hochklopfendem Herzen zur bestimmten Stunde, als schon die Wagen rollten und die Lichter in den geschmückten Sälen schimmerten, zum Professor. Die Gesellschaft war zahlreich und glänzend. Olimpia erschien sehr reich und geschmackvoll gekleidet. Man musste ihr schön geformtes Gesicht, ihren Wuchs bewundern. Der etwas seltsam eingebogene Rücken, die wespenartige Dünne des Leibes schien von zu starkem Einschnüren be-

---

30 **bestimmten:** festgelegten | 37 **Einschnüren:** durch ein zu enges Korsett

wirkt zu sein. In Schritt und Stellung hatte sie etwas Abgemessenes und Steifes, das manchem unangenehm auffiel; man schrieb es dem Zwange zu, den ihr die Gesellschaft auflegte. Das Konzert begann. Olimpia spielte den Flügel mit großer Fertigkeit und trug ebenso eine Bravour-Arie mit heller, beinahe schneidender Glasglockenstimme vor. Nathanael war ganz entzückt; er stand in der hintersten Reihe und konnte im blendenden Kerzenlicht Olimpias Züge nicht ganz erkennen. Ganz unvermerkt nahm er deshalb Coppolas Glas hervor und schaute hin nach der schönen Olimpia. Ach! – da wurde er gewahr, wie sie voll Sehnsucht nach ihm herübersah, wie jeder Ton erst deutlich aufging in dem Liebesblick, der zündend sein Inneres durchdrang. Die künstlichen Rouladen schienen dem Nathanael das Himmelsjauchzen des in Liebe verklärten Gemüts, und als nun endlich nach der Kadenz der lange Trillo recht schmetternd durch den Saal gellte, konnte er wie von glühenden Ärmen plötzlich erfasst sich nicht mehr halten, er musste vor Schmerz und Entzücken laut aufschreien: »Olimpia!« – Alle sahen sich um nach ihm, manche lachten. Der Domorganist schnitt aber noch ein finstreres Gesicht, als vorher und sagte bloß: »Nun nun!« – Das Konzert war zu Ende, der Ball fing an. Mit ihr zu tanzen! – mit ihr! das war nun dem Nathanael das Ziel aller Wünsche, alles Strebens; aber wie sich erheben zu dem Mut, sie, die Königin des Festes, aufzufordern? Doch! – er selbst wusste nicht wie es geschah, dass er, als schon der Tanz angefangen, dicht neben Olimpia stand, die noch nicht aufgefordert worden, und dass er, kaum vermögend einige Worte zu stammeln, ihre Hand ergriff. Eiskalt war Olimpias Hand, er fühlte sich durchbebt von grausigem Todesfrost, er starrte Olimpia ins Auge, das strahlte ihm voll Liebe und Sehnsucht entgegen und in dem Augenblick war es auch, als fingen an in der kalten Hand Pulse zu schlagen und des Lebensblutes Ströme zu glühen. Und auch in Nathanaels Innerm glühte höher auf die Liebeslust, er umschlang die schöne Olimpia und durchflog mit

---

5 **Bravour:** (frz.) vollendete Meisterschaft | 14 **Rouladen:** (frz.) kunstvolle musikalische Verzierungen einer Silbe | 16 **Kadenz:** ital. *cadenza*, Folge von Akkorden, besonders: virtuos improvisierter Soloteil am Schluss eines Konzertsatzes | 16 f. **Trillo:** (ital.) Triller

ihr die Reihen. – Er glaubte sonst recht taktmäßig getanzt zu haben, aber an der ganz eignen rhythmischen Festigkeit, womit Olimpia tanzte und die ihn oft ordentlich aus der Haltung brachte, merkte er bald, wie sehr ihm der Takt gemangelt. Er wollte jedoch mit keinem andern Frauenzimmer mehr tanzen und hätte jeden, der sich Olimpia näherte, um sie aufzufordern, nur gleich ermorden mögen. Doch nur zweimal geschah dies, zu seinem Erstaunen blieb darauf Olimpia bei jedem Tanze sitzen und er ermangelte nicht, immer wieder sie aufzuziehen. Hätte Nathanael außer der schönen Olimpia noch etwas anders zu sehen vermocht, so wäre allerlei fataler Zank und Streit unvermeidlich gewesen; denn offenbar ging das halbleise, mühsam unterdrückte Gelächter, was sich in diesem und jenem Winkel unter den jungen Leuten erhob, auf die schöne Olimpia, die sie mit ganz kuriosen Blicken verfolgten, man konnte gar nicht wissen, warum? Durch den Tanz und durch den reichlich genossenen Wein erhitzt, hatte Nathanael alle ihm sonst eigne Scheu abgelegt. Er saß neben Olimpia, ihre Hand in der seinigen und sprach hoch entflammt und begeistert von seiner Liebe in Worten, die keiner verstand, weder er, noch Olimpia. Doch diese vielleicht; denn sie sah ihm unverrückt ins Auge und seufzte einmal übers andere: »Ach – Ach – Ach!« – worauf denn Nathanael also sprach: »O du herrliche, himmlische Frau! – Du Strahl aus dem verheißenen Jenseits der Liebe – Du tiefes Gemüt, in dem sich mein ganzes Sein spiegelt« und noch mehr dergleichen, aber Olimpia seufzte bloß immer wieder: »Ach, Ach!« – Der Professor Spalanzani ging einigemal bei den Glücklichen vorüber und lächelte sie ganz seltsam zufrieden an. Dem Nathanael schien es, unerachtet er sich in einer ganz andern Welt befand, mit einem Mal, als würd es hienieden beim Professor Spalanzani merklich finster; er schaute um sich und wurde zu seinem nicht geringen Schreck gewahr, dass eben die zwei letzten Lichter in dem leeren Saal herniederbrennen und ausgehen wollten. Längst hatten Mu-

16 **kuriosen:** verwunderten, neugierigen

sik und Tanz aufgehört. »Trennung, Trennung«, schrie er ganz wild und verzweifelt, er küsste Olimpias Hand, er neigte sich zu ihrem Munde, eiskalte Lippen begegneten seinen glühenden! – Sowie, als er Olimpias kalte Hand berührte, fühlte er sich von innerem Grausen erfasst, die Legende von der toten Braut ging ihm plötzlich durch den Sinn; aber fest hatte ihn Olimpia an sich gedrückt, und in dem Kuss schienen die Lippen zum Leben zu erwarmen. – Der Professor Spalanzani schritt langsam durch den leeren Saal, seine Schritte klangen hohl wider und seine Figur, von flackernden Schlagschatten umspielt, hatte ein grauliches gespenstisches Ansehen. »Liebst du mich – Liebst du mich Olimpia? – Nur dies Wort! – Liebst du mich?« So flüsterte Nathanael, aber Olimpia seufzte, indem sie aufstand, nur: »Ach – Ach!« »Ja du mein holder, herrlicher Liebesstern«, sprach Nathanael, »bist mir aufgegangen und wirst leuchten, wirst verklären mein Inneres immerdar!« »Ach, ach!« replizierte Olimpia fortschreitend. Nathanael folgte ihr, sie standen vor dem Professor. »Sie haben sich außerordentlich lebhaft mit meiner Tochter unterhalten«, sprach dieser lächelnd: »Nun, nun lieber Herr Nathanael, finden Sie Geschmack daran, mit dem blöden Mädchen zu konversieren, so sollen mir Ihre Besuche willkommen sein.« – Einen ganzen hellen strahlenden Himmel in der Brust schied Nathanael von dannen: Spalanzanis Fest war der Gegenstand des Gesprächs in den folgenden Tagen. Unerachtet der Professor alles getan hatte, recht splendid zu erscheinen, so wussten doch die lustigen Köpfe von allerlei Unschicklichem und Sonderbarem zu erzählen, das sich begeben, und vorzüglich fiel man über die todstarre, stumme Olimpia her, der man, ihres schönen Äußern unerachtet, totalen Stumpfsinn andichten und darin die Ursache finden wollte, warum Spalanzani sie so lange verborgen gehalten. Nathanael vernahm das nicht ohne innern Grimm, indessen schwieg er; denn, dachte er, würde es wohl verlohnen, diesen Burschen zu beweisen, dass eben ihr eigner Stumpfsinn es ist,

---

11 **Schlagschatten:** scharf umrissene Schatten | 18 **replizierte:** antwortete (vgl. »Replik«) | 22 **blöden:** schüchternen | 23 **konversieren:** Konversation machen | 28 **splendid:** großzügig, freigebig | 36 **verlohnen:** sich lohnen

der sie Olimpias tiefes herrliches Gemüt zu erkennen hindert? »Tu mir den Gefallen Bruder«, sprach eines Tages Siegmund, »tu mir den Gefallen und sage, wie es dir gescheuten Kerl möglich war, dich in das Wachsgesicht, in die Holzpuppe da drüben zu vergaffen?« Nathanael wollte zornig auffahren, doch schnell besann er sich und erwiderte: »Sage du mir Siegmund, wie deinem, sonst alles Schöne klar auffassenden Blick, deinem regen Sinn, Olimpias himmlischer Liebreiz entgehen konnte? Doch eben deshalb habe ich, Dank sei es dem Geschick, dich nicht zum Nebenbuhler; denn sonst müsste einer von uns blutend fallen.« Siegmund merkte wohl, wie es mit dem Freunde stand, lenkte geschickt ein, und fügte, nachdem er geäußert, dass in der Liebe niemals über den Gegenstand zu richten sei, hinzu: »Wunderlich ist es doch, dass viele von uns über Olimpia ziemlich gleich urteilen. Sie ist uns – nimm es nicht übel, Bruder! – auf seltsame Weise starr und seelenlos erschienen. Ihr Wuchs ist regelmäßig, so wie ihr Gesicht, das ist wahr! – Sie könnte für schön gelten, wenn ihr Blick nicht so ganz ohne Lebensstrahl, ich möchte sagen, ohne Sehkraft wäre. Ihr Schritt ist sonderbar abgemessen, jede Bewegung scheint durch den Gang eines aufgezogenen Räderwerks bedingt. Ihr Spiel, ihr Singen hat den unangenehm richtigen geistlosen Takt der singenden Maschine und ebenso ist ihr Tanz. Uns ist diese Olimpia ganz unheimlich geworden, wir mochten nichts mit ihr zu schaffen haben, es war uns als tue sie nur so wie ein lebendiges Wesen und doch habe es mit ihr eine eigne Bewandtnis.« – Nathanael gab sich dem bittern Gefühl, das ihn bei diesen Worten Siegmunds ergreifen wollte, durchaus nicht hin, er wurde Herr seines Unmuts und sagte bloß sehr ernst: »Wohl mag euch, ihr kalten prosaischen Menschen, Olimpia unheimlich sein. Nur dem poetischen Gemüt entfaltet sich das gleich organisierte! – Nur *mir* ging ihr Liebesblick auf und durchstrahlte Sinn und Gedanken, nur in Olimpias Liebe finde ich mein Selbst wieder. Auch mag es nicht recht sein, dass sie nicht in

---

3 f. **gescheuten:** gescheiten | 11 **Nebenbuhler:** Konkurrenten, Mitbewerber

platter Konversation faselt, wie die andern flachen Gemüter. Sie spricht wenig Worte, das ist wahr; aber diese wenigen Worte erscheinen als echte Hieroglyphe der innern Welt voll Liebe und hoher Erkenntnis des geistigen Lebens in der Anschauung des ewigen Jenseits. Doch für alles das habt ihr keinen Sinn und alles sind verlorne Worte.« »Behüte dich Gott, Herr Bruder«, sagte Siegmund sehr sanft, beinahe wehmütig, »aber mir scheint es, du seist auf bösem Wege. Auf mich kannst du rechnen, wenn alles – Nein, ich mag nichts weiter sagen! –« Dem Nathanael war es plötzlich, als meine der kalte prosaische Siegmund es sehr treu mit ihm, er schüttelte daher die ihm dargebotene Hand recht herzlich. –

Nathanael hatte rein vergessen, dass es eine Clara in der Welt gebe, die er sonst geliebt; – die Mutter – Lothar – Alle waren aus seinem Gedächtnis entschwunden, er lebte nur für Olimpia, bei der er täglich stundenlang saß und von seiner Liebe, von zum Leben erglühter Sympathie, von psychischer Wahlverwandtschaft fantasierte, welches alles Olimpia mit großer Andacht anhörte. Aus dem tiefsten Grunde des Schreibpults holte Nathanael alles hervor, was er jemals geschrieben. Gedichte, Fantasien, Visionen, Romane, Erzählungen, das wurde täglich vermehrt mit allerlei ins Blaue fliegenden Sonetten, Stanzen, Kanzonen, und das alles las er der Olimpia stundenlang hintereinander vor, ohne zu ermüden. Aber auch noch nie hatte er eine solche herrliche Zuhörerin gehabt. Sie stickte und strickte nicht, sie sah nicht durchs Fenster, sie fütterte keinen Vogel, sie spielte mit keinem Schoßhündchen, mit keiner Lieblingskatze, sie drehte kein Papierschnitzchen, oder sonst etwas in der Hand, sie durfte kein Gähnen durch einen leise erzwungenen Husten bezwingen – Kurz! – Stundenlang sah sie mit starrem Blick unverwandt dem Geliebten ins Auge, ohne sich zu rücken und zu bewegen und immer glühender, immer lebendiger wurde dieser Blick. Nur wenn Nathanael endlich aufstand und ihr die Hand, auch wohl den Mund küsste, sagte sie: »Ach, Ach!« – dann

---

3 **Hieroglyphe:** (griech.) ›heilige Einritzung‹, Zeichen einer Bilderschrift; hier: Geheimzeichen; vgl. Anm. zu 35,3 | 24 **Sonetten, Stanzen, Kanzonen:** verschiedene Gedicht- und Strophenformen aus der romanischen Literatur | 31 **durfte:** musste

aber: »Gute Nacht, mein Lieber!« – »O du herrliches, du tiefes Gemüt«, rief Nathanael auf seiner Stube: »nur von dir, von dir allein werd ich ganz verstanden.« Er erbebte vor innerem Entzücken, wenn er bedachte, welch wunderbarer Zusammenklang sich in seinem und Olimpias Gemüt täglich mehr offenbare; denn es schien ihm, als habe Olimpia über seine Werke, über seine Dichtergabe überhaupt recht tief aus seinem Innern gesprochen, ja als habe die Stimme aus seinem Innern selbst herausgetönt. Das musste denn wohl auch sein; denn mehr Worte als vorhin erwähnt, sprach Olimpia niemals. Erinnerte sich aber auch Nathanael in hellen nüchternen Augenblicken, z.B. morgens gleich nach dem Erwachen, wirklich an Olimpias gänzliche Passivität und Wortkargheit, so sprach er doch: »Was sind Worte – Worte! – Der Blick ihres himmlischen Auges sagt mehr als jede Sprache hienieden. Vermag denn überhaupt ein Kind des Himmels sich einzuschichten in den engen Kreis, den ein klägliches irdisches Bedürfnis gezogen?« – Professor Spalanzani schien hoch erfreut über das Verhältnis seiner Tochter mit Nathanael; er gab diesem allerlei unzweideutige Zeichen seines Wohlwollens und als es Nathanael endlich wagte von ferne auf eine Verbindung mit Olimpia anzuspielen, lächelte dieser mit dem ganzen Gesicht und meinte: Er werde seiner Tochter völlig freie Wahl lassen. – Ermutigt durch diese Worte, brennendes Verlangen im Herzen, beschloss Nathanael, gleich am folgenden Tage Olimpia anzuflehen, dass sie das unumwunden in deutlichen Worten ausspreche, was längst ihr holder Liebesblick ihm gesagt, dass sie sein Eigen immerdar sein wolle. Er suchte nach dem Ringe, den ihm beim Abschiede die Mutter geschenkt, um ihn Olimpia als Symbol seiner Hingebung, seines mit ihr aufkeimenden blühenden Lebens darzureichen. Claras, Lothars Briefe fielen ihm dabei in die Hände; gleichgültig warf er sie beiseite, fand den Ring, steckte ihn ein und rannte herüber zu Olimpia. Schon auf der Treppe, auf dem Flur, vernahm er ein wunderliches Getöse; es schien aus Spalanzanis Studierzimmer

16 **hienieden:** hier, auf der Erde | 17 **einzuschichten:** einzuordnen

herauszuschallen. – Ein Stampfen – ein Klirren – ein Stoßen – Schlagen gegen die Tür, dazwischen Flüche und Verwünschungen. »Lass los – lass los – Infamer – Verruchter! – Darum Leib und Leben daran gesetzt? – ha ha ha ha! – so haben wir nicht gewettet – ich, ich hab die Augen gemacht – ich das Räderwerk – dummer Teufel mit deinem Räderwerk – verfluchter Hund von einfältigem Uhrmacher – fort mit dir – Satan – halt – Puppendreher – teuflischer Bestie! – halt – fort – lass los!« – Es waren Spalanzanis und des grässlichen Coppelius Stimmen, die so durcheinander ↗ schwirrten und tobten. Hinein stürzte Nathanael von namenloser Angst ergriffen. Der Professor hatte eine weibliche Figur bei den Schultern gepackt, der Italiener Coppola bei den Füßen, die zerrten und zogen sie hin und her, streitend in voller Wut um den Besitz. Voll tiefen Entsetzens prallte Nathanael zurück, als er die Figur für Olimpia erkannte; aufflammend in wildem Zorn wollte er den Wütenden die Geliebte entreißen, aber in dem Augenblick wand Coppola sich mit Riesenkraft drehend die Figur dem Professor aus den Händen und versetzte ihm mit der Figur selbst einen fürchterlichen Schlag, dass er rücklings über den Tisch, auf dem Phiolen, Retorten, Flaschen, gläserne Zylinder standen, taumelte und hinstürzte; alles Gerät klirrte in tausend Scherben zusammen. Nun warf Coppola die Figur über die Schulter und rannte mit fürchterlich gellendem Gelächter rasch fort die Treppe herab, sodass die hässlich herunterhängenden Füße der Figur auf den Stufen hölzern klapperten und dröhnten. – Erstarrt stand Nathanael – nur zu deutlich hatte er gesehen, Olimpias toderbleichtes Wachsgesicht hatte keine Augen, statt ihrer schwarze Höhlen; sie war eine leblose Puppe. Spalanzani wälzte sich auf der Erde, Glasscherben hatten ihm Kopf, Brust und Arm zerschnitten, wie aus Springquellen strömte das Blut empor. Aber er raffte seine Kräfte zusammen. – »Ihm nach – ihm nach, was zauderst du? – Coppelius – Coppelius, mein bestes Automat hat er mir geraubt – Zwanzig Jahre daran gearbeitet – Leib und Leben daran

---

3 **Infamer:** Bösartiger | 3 **Verruchter:** Gemeiner, Schändlicher | 8 **Puppendreher:** Handwerker, der Holzpuppen drechselt (›dreht‹) | 22 **Phiolen:** kugelförmige Glasbehälter mit langem Hals | 22 **Retorten:** Destilliergeräte, bestehend aus einem Kolben und einem abwärtsgebogenen Hals

gesetzt – das Räderwerk – Sprache – Gang – mein – die ↗ Augen – die Augen dir gestohlen. – Verdammter – Verfluchter – ihm nach – hol mir Olimpia – da hast du die Augen! –« Nun sah Nathanael, wie ein Paar blutige Augen auf dem Boden liegend ihn anstarrten, die ergriff Spalanzani mit der unverletzten Hand und warf sie nach ihm, dass sie seine Brust trafen. – Da packte ihn der Wahnsinn mit glühenden Krallen und fuhr in sein Inneres hinein Sinn und Gedanken zerreißend. »Hui – hui – hui! – *Feuerkreis* – *Feuerkreis!* dreh dich *Feuerkreis* – lustig – lustig! – Holzpüppchen hui schön Holzpüppchen dreh dich –«, damit warf er sich auf den Professor und drückte ihm die Kehle zu. Er hätte ihn erwürgt, aber das Getöse hatte viele Menschen herbeigelockt, die drangen ein, rissen den wütenden Nathanael auf und retteten so den Professor, der gleich verbunden wurde. Siegmund, so stark er war, vermochte nicht den Rasenden zu bändigen; der schrie mit fürchterlicher Stimme immer fort: »Holzpüppchen dreh dich« und schlug um sich mit geballten Fäusten. Endlich gelang es der vereinten Kraft mehrerer, ihn zu überwältigen, indem sie ihn zu Boden warfen und banden. Seine Worte gingen unter in entsetzlichem tierischen Gebrüll. So in grässlicher Raserei tobend wurde er nach dem Tollhause gebracht. –

Ehe ich, günstiger Leser! dir zu erzählen fortfahre, was sich weiter mit dem unglücklichen Nathanael zugetragen, kann ich dir, solltest du einigen Anteil an dem geschickten Mechanicus und Automat-Fabrikanten Spalanzani nehmen, versichern, dass er von seinen Wunden völlig geheilt wurde. Er musste indes die Universität verlassen, weil Nathanaels Geschichte Aufsehen erregt hatte und es allgemein für gänzlich unerlaubten Betrug gehalten wurde, vernünftigen Teezirkeln (Olimpia hatte sie mit Glück besucht) statt der lebendigen Person eine Holzpuppe einzuschwärzen. Juristen nannten es sogar einen feinen und umso härter zu bestrafenden Betrug, als er gegen das Publikum gerichtet und so schlau angelegt worden, dass kein Mensch (ganz kluge Studenten ausgenommen) es gemerkt

---

15 **auf:** hoch | 23 **Tollhause:** Irrenhaus | 32 **mit Glück:** mit Erfolg | 33 f. **einzuschwärzen:** einzuschmuggeln

habe, unerachtet jetzt alle weise tun und sich auf allerlei Tatsachen berufen wollten, die ihnen verdächtig vorgekommen. Diese Letzteren brachten aber eigentlich nichts Gescheutes zu Tage. Denn konnte z.B. wohl irgendjemanden verdächtig vorgekommen sein, dass nach der Aussage eines eleganten Teeisten Olimpia gegen alle Sitte öfter genieset, als gegähnt hatte? Ersteres, meinte der Elegant, sei das Selbstaufziehen des verborgenen Triebwerks gewesen, merklich habe es dabei geknarrt usw. Der Professor der Poesie und Beredsamkeit nahm eine Prise, klappte die Dose zu, räusperte sich und sprach feierlich: »Hochzuverehrende Herren und Damen! merken Sie denn nicht, wo der Hase im Pfeffer liegt? Das Ganze ist eine Allegorie – eine fortgeführte Metapher! – Sie verstehen mich! – Sapienti sat!« Aber viele hochzuverehrende Herren beruhigten sich nicht dabei; die Geschichte mit dem Automat hatte tief in ihrer Seele Wurzel gefasst und es schlich sich in der Tat abscheuliches Misstrauen gegen menschliche Figuren ein. Um nun ganz überzeugt zu werden, dass man keine Holzpuppe liebe, wurde von mehrern Liebhabern verlangt, dass die Geliebte etwas taktlos singe und tanze, dass sie beim Vorlesen sticke, stricke, mit dem Möpschen spiele usw., vor allen Dingen aber, dass sie nicht bloß höre, sondern auch manchmal in *der* Art spreche, dass dies Sprechen wirklich ein Denken und Empfindungen voraussetze. Das Liebesbündnis vieler wurde fester und dabei anmutiger, andere dagegen gingen leise auseinander. »Man kann wahrhaftig nicht dafür stehen«, sagte dieser und jener. In den Tees wurde unglaublich gegähnt und niemals genieset, um jedem Verdacht zu begegnen. – Spalanzani musste, wie gesagt, fort, um der Kriminaluntersuchung wegen der menschlichen Gesellschaft betrüglicher Weise eingeschobenen Automats zu entgehen. Coppola war auch verschwunden. –

Nathanael erwachte wie aus schwerem, fürchterlichem Traum, er schlug die Augen auf und fühlte wie ein unbeschreibliches Wonnegefühl mit sanfter himmlischer Wär-

---

6 **eines … Teeisten:** eines … Teilnehmers der »Teezirkel« | 12f. **wo der Hase im Pfeffer liegt:** (Redensart) worum es sich handelt | 13f. **Allegorie … Metapher:** sprachliche Bilder, die für etwas anderes stehen | 14f. **Sapienti sat!:** (lat.) Dem Kenner reicht die Erklärung! | 22 **Möpschen:** Schoßhund

me ihn durchströmte. Er lag in seinem Zimmer in des Vater Hause auf dem Bette, Clara hatte sich über ihn hingebeugt und unfern standen die Mutter und Lothar. »Endlich, endlich, o mein herzlieber Nathanael – nun bist du genesen von schwerer Krankheit – nun bist du wieder mein!« – So sprach Clara recht aus tiefer Seele und fasste den Nathanael in ihre Arme. Aber dem quollen vor lauter Wehmut und Entzücken die hellen glühenden Tränen aus den Augen und er stöhnte tief auf: »Meine – meine Clara!« – Siegmund, der getreulich ausgeharrt bei dem Freunde in großer Not, trat herein. Nathanael reichte ihm die Hand: »Du treuer Bruder hast mich doch nicht verlassen.« – Jede Spur des Wahnsinns war verschwunden, bald erkräftigte sich Nathanael in der sorglichen Pflege der Mutter, der Geliebten, der Freunde. Das Glück war unterdessen in das Haus eingekehrt; denn ein alter karger Oheim, von dem niemand etwas gehofft, war gestorben und hatte der Mutter nebst einem nicht unbedeutenden Vermögen ein Gütchen in einer angenehmen Gegend unfern der Stadt hinterlassen. Dort wollten sie hinziehen, die Mutter, Nathanael mit seiner Clara, die er nun zu heiraten gedachte, und Lothar. Nathanael war milder, kindlicher geworden, als er je gewesen und erkannte nun erst recht Claras himmlisch reines, herrliches Gemüt. Niemand erinnerte ihn auch nur durch den leisesten Anklang an die Vergangenheit. Nur, als Siegmund von ihm schied, sprach Nathanael: »Bei Gott Bruder! ich war auf schlimmen Wege, aber zu rechter Zeit leitete mich ein Engel auf den lichten Pfad! – Ach es war ja Clara! –« Siegmund ließ ihn nicht weiter reden, aus Besorgnis, tief verletzende Erinnerungen möchten ihm zu hell und flammend aufgehen. – Es war an der Zeit, dass die vier glücklichen Menschen nach dem Gütchen ziehen wollten. Zur Mittagsstunde gingen sie durch die Straßen der Stadt. Sie hatten manches eingekauft, der hohe Ratsturm warf seinen Riesenschatten über den Markt. »Ei!« sagte Clara, »steigen wir doch noch einmal herauf und schauen in das ferne Gebirge hinein!« Gesagt,

---

13 f. **erkräftigte sich:** kam zu Kräften | 16 **Oheim:** Onkel

getan! Beide, Nathanael und Clara, stiegen herauf, die Mutter ging mit der Dienstmagd nach Hause, und Lothar, nicht geneigt, die vielen Stufen zu erklettern, wollte unten warten. Da standen die beiden Liebenden Arm in Arm auf der höchsten Galerie des Turmes und schauten hinein in die duftigen Waldungen, hinter denen das blaue Gebirge, wie eine Riesenstadt, sich erhob.

»Sieh doch den sonderbaren kleinen grauen Busch, der ordentlich auf uns los zu schreiten scheint«, frug Clara. – Nathanael fasste mechanisch nach der Seitentasche; er fand Coppolas Perspektiv, er schaute seitwärts – Clara stand vor dem Glase! – Da zuckte es krampfhaft in seinen Pulsen und Adern – totenbleich starrte er Clara an, aber bald glühten und sprühten Feuerströme durch die rollenden Augen, grässlich brüllte er auf, wie ein gehetztes Tier; dann sprang er hoch in die Lüfte und grausig dazwischen lachend schrie er in schneidendem Ton: »Holzpüppchen dreh dich – Holzpüppchen dreh dich« – und mit gewaltiger Kraft fasste er Clara und wollte sie herabschleudern, aber Clara krallte sich in verzweifelnder Todesangst fest an das Geländer. Lothar hörte den Rasenden toben, er hörte Claras Angstgeschrei, grässliche Ahnung durchflog ihn, er rannte herauf, die Tür der zweiten Treppe war verschlossen – stärker hallte Claras Jammergeschrei. Unsinnig vor Wut und Angst stieß er gegen die Tür, die endlich aufsprang – Matter und matter wurden nun Claras Laute: »Hülfe – rettet – rettet –«, so erstarb die Stimme in den Lüften. »Sie ist hin – ermordet von dem Rasenden«, so schrie Lothar. Auch die Tür zur Galerie war zugeschlagen. – Die Verzweiflung gab ihm Riesenkraft, er sprengte die Tür aus den Angeln. Gott im Himmel – Clara schwebte von dem rasenden Nathanael erfasst über der Galerie in den Lüften – nur mit einer Hand hatte sie noch die Eisenstäbe umklammert. Rasch wie der Blitz erfasste Lothar die Schwester, zog sie hinein, und schlug in demselben Augenblick mit geballter Faust dem Wütenden ins Gesicht, dass er zurückprallte und die Todesbeute fahren ließ.

---

5 **Galerie:** umlaufender, mit Fenstern u. Ä. versehener Laufgang an der Fassade von Gebäuden | 9 **frug:** fragte | 24 **Unsinnig:** wahnsinnig

Lothar rannte herab, die ohnmächtige Schwester in den Armen. – Sie war gerettet. – Nun raste Nathanael herum auf der Galerie und sprang hoch in die Lüfte und schrie: »*Feuerkreis* dreh dich – *Feuerkreis* dreh dich« – Die Menschen liefen auf das wilde Geschrei zusammen; unter ihnen ragte riesengroß der Advokat Coppelius hervor, der eben in die Stadt gekommen und gerades Weges nach dem Markt geschritten war. Man wollte herauf, um sich des Rasenden zu bemächtigen, da lachte Coppelius sprechend: »Ha ha – wartet nur, der kommt schon herunter von selbst«, und schaute wie die Übrigen hinauf. Nathanael blieb plötzlich wie erstarrt stehen, er bückte sich herab, wurde den Coppelius gewahr und mit dem gellenden Schrei: »Ha! Sköne Oke – Sköne Oke«, sprang er über das Geländer. –

Als Nathanael mit zerschmettertem Kopf auf dem Steinpflaster lag, war Coppelius im Gewühl verschwunden. –

Nach mehreren Jahren will man in einer entfernten Gegend Clara gesehen haben, wie sie mit einem freundlichen Mann, Hand in Hand vor der Türe eines schönen Landhauses saß und vor ihr zwei muntre Knaben spielten. Es wäre daraus zu schließen, dass Clara das ruhige häusliche Glück noch fand, was ihrem heitern lebenslustigen Sinn zusagte und das ihr der im Innern zerrissene Nathanael niemals hätte gewähren können.

---

14 **Sköne Oke:** vgl. Fußn. zu 27,27

Anhang

Der Werktext der vorliegenden Ausgabe ist seiten- und zeilengleich mit der von Rudolf Drux herausgegebenen Ausgabe der Universal-Bibliothek Nr. 230; er folgt:

> E.T.A. Hoffmann: Der Sandmann. Hrsg. von Rudolf Drux. Durchges. und bibliogr. erg. Ausg. Stuttgart: Reclam, 2003 [u.ö.]. (Reclams Universal-Bibliothek. 230.)

Die Orthographie wurde auf der Grundlage der gültigen amtlichen Rechtschreibregeln bei Wahrung des Lautstands und sprachlich-stilistischer Eigenheiten behutsam dem heutigen Gebrauch angeglichen. Die Interpunktion blieb gewahrt.

An folgenden Stellen wurde die Fassung der Druckvorlage nach dem Manuskript Hoffmanns korrigiert:

15,7f. dunkle psychische Macht] dunkle physische Macht
19,8 Klimax] Climax
22,19 Geheimnisse nicht] Geheimnisse
23,18f. aufgegangen] aufgefangen
37,8 Puppendreher] Peipendreher

Zwei längere, vor dem Erstdruck gestrichene Passagen der Handschrift wurden vom früheren Herausgeber Rudolf Drux in der editorischen Notiz ergänzt, da sie für Hoffmanns Arbeitsweise und die Deutung des *Sandmanns* wichtig sind. Sie wurden hier im Anhang in den Anmerkungen übernommen.

Zu den Wort- und Sacherläuterungen

Die Wort- und Sacherläuterungen basieren in Teilen auf den Erläuterungen in: Rudolf Drux, *Erläuterungen und Dokumente. E.T.A. Hoffmann, »Der Sandmann«*, Stuttgart: Reclam, 1994 [u.ö.].

2. Anmerkungen

3,10 **Augen:** Zum Leitmotiv der Augen bzw. des Sehens vgl. Anm. zu 9,9f., 9,21f. und zu Kap. 4.4 und 6.3.

3,19 **wie toll:** wie wahnsinnig. Der Wahnsinn als weiteres Leitmotiv erscheint im Kontext »lacht es wie toll aus mir heraus« infolge der Personifikation und der Verwendung des Personalpronomens bereits hier wie eine unkontrollierbare Macht im Innern des Menschen. Vgl. dazu im Anhang bes. Kap. 4 und 8.2.

3,25 **Geisterseher:** volkstümliche Bezeichnung für jemanden, der Geister zu sehen glaubt bzw. Erscheinungen (Visionen) hat. Berufsmäßige »Geisterseher« sollen Übersinnliches wahrnehmen oder in Kontakt mit Geistern treten. Große Wirkung auf das Genre Schauer- und Kriminalliteratur hatte Friedrich Schillers Romanfragment *Der Geisterseher. Aus den Memoiren des Grafen von O*** (als Fortsetzungsroman 1787–89), den auch E. T. A. Hoffmann sehr schätzte.

3,29 **um 12 Uhr:** vgl. im Folgenden ähnliche Zeitangaben.

4,12 **wie Franz Moor den Daniel:** In Schillers Drama *Die Räuber* (1781) bittet Franz Moor, fast wahnsinnig vor Angst, seinen Diener Daniel darum, ihn wegen seiner Albträume »derb« auszulachen, da sie ihn an seine schwere Schuld erinnern.

4,29 **Sandmann:** eine im europäischen Kulturraum verbreitete Sagengestalt, die den Kindern zum Einschlafen Sand in die Augen streut und für Träume sorgt. Die Ausformungen der mythologischen Figur reichen von einem Kinderschreck bis zu dem liebevollen Traumbringer aus Hans Christian Andersens Märchen *Ole Augenschließer*, der den Kindern zum Einschlafen die Augen mit süßer Milch verschließt und ihnen Geschichten erzählt.

9,9f. **eine schwarze Höhlung ..., in der ein kleiner Herd stand:** Alchemistenküche, also ein kleines wissenschaftliches Labor für alchemistische Versuche. Gegenstand der Alchemie (auch Alchimie oder Alchymie) waren vor allem Versuche zur Herstellung von Gold oder Silber aus weniger edlen Metallen und anderen Materialien. – Die Metapher »schwarze Höhlung« für den geöffneten Wandschrank verknüpft den Handlungsort über die Assoziationen zum Namen Coppelius (Augenhöhle; Schmelztiegel, also feuerfestes Gefäß zum Erhitzen von Stoffen) mit den von Nathanael vorgestellten augenlosen Gesichtern im »dicken Qualm« als Anspielung auf angebliche alchemistische Versuche zur Erzeugung künstlicher Menschen (vgl. Kap. 7.2.3, S. 94: Goethe, *Faust II*, 2. Akt).

9,21f. **»Augen her, Augen her!«:** Die Anordnung unterstreicht die Dominanz Coppelius' gegenüber Nathanaels Vater in den alchemistischen Experimenten, zeigt aber auch die »Mehrschichtigkeit der Bilder [...]: Als chemischer Terminus technicus bezeichnet ›Auge‹ ein Phänomen des metallurgischen Prozesses (›Erzaugen‹ [...]). Im magischen Kontext werden Augen zur Zubereitung zauberischer Substanzen benötigt [...]. Im metaphorischen Sinn stehen die Augen für die Seele, die sich in ihnen spiegelt. Wenn Nathanael in Coppelius den Teufel sieht – als ›verruchter Satan‹ wird er ihn bei des Vaters Tod verfluchen (11,31) –, dann ist dessen Verlangen nach Augen verständlich, fehlt ihm doch zur Schöpfung eines vollkommenen Menschen die Seele, die der göttliche Teil des Menschen ist« (Rudolf Drux, *Erläuterungen und Dokumente. E.T.A. Hoffmann, Der Sandmann*, Stuttgart 1994, S. 15).

9,32 **»Meister! Meister!«:** Anredeform des Lehrlings gegenüber dem Handwerksmeister bzw. Meister der Geheimwissenschaften; vgl. auch Anm. 9,21f.

10,4 **»Der Alte hat's verstanden!«:** In Goethes *Faust I* bezeichnet Mephistopheles, also der Teufel, den »Herrn«, und damit Gott, recht despektierlich als »den Alten«: »Von Zeit zu Zeit seh ich den Alten gern« (V. 350).

10,29f. **Coppelius ... habe die Stadt verlassen:** Die folgende Passage der Handschrift Hoffmanns wurde zugunsten der endgültigen Fassung vor dem ersten Druck gestrichen: »Wie gesagt, Coppelius ließ sich nicht mehr sehen, mein Vater schien unbefangen und heiter, nicht mit einer Sylbe wurde [des Vorfalls gedacht] meiner Neugierde, die ich so schwer büßen mußte erwähnt. – Ich war vierzehn, meine [kleine] jüngste Schwester, der Mutter treues Ebenbild, anmuthig, sanft und gut wie sie, sechs Jahr alt worden, ich liebte sie sehr, und so geschah es, daß ich oft mit ihr spielte. So saß ich einst mit ihr in unserer ziemlich einsamen Straße vor der Hausthür, und ließ ihre Puppen miteinander sprechen, so daß sie in kindischer Lust lachte und jauchzte / Da stand mit einem Mahl der verhaßte Coppelius vor uns – Was wollen Sie hier? – Sie haben hier nichts zu suchen – gehen Sie – gleich gehen Sie – So fuhr ich den Menschen an, und stellte mich wie kampflustig vor ihn hin – Hoho hoho klein Bestie – lachte er hämisch, aber er schien nicht ohne Scheu vor meiner kleinen Person. Doch schnell, ehe ich mir's versah, ergriff er meine kleine Schwester [und fuhr ihr mit den Fäusten nach dem Gesicht] – Da schlug ich ihn [mit geballter Faust] nach dem Gesicht – er hatte sich gebückt – ich traf ihn schmerzlich – mit wüthendem Blick fuhr er auf mich loß – ich schrie Hülfe – Hülfe – des Nachbars Brauers Knecht sprang vor die Thür, Hey Hey – hey – der tolle Advokat – der tolle Coppelius – macht euch über ihn her macht euch über ihn her – so rief es und stürmte von allen Seiten auf ihn ein – er floh gehezt über die Straße – Aber nicht lange dauerte es, so fingen meinem Schwesterlein die Augen an zu schmerzen, Geschwüre, unheilbar sezten sich dran – in drey Wochen war sie blind – drey Wochen darauf vom Nervenschlag getroffen todt – ›Die hat der teuflische Sandmann ermordet – Vater – Vater – gieb ihn bey der Obrigkeit an, den verruchten Morder! – so schrie ich unaufhörlich. Der Vater schalt mich heftig und bewies mir, daß ich was unsiniges behaupte, aber in dem Jammerblicke der trostlosen Mutter las ich nur zu deutlich, daß [eine] sie dieselbe Ahnung in [ihr wohne] innern trage. – Es hieß, Coppelius habe die Stadt verlaßen.«

11,33–37 **waren seine Gesichtszüge wieder mild … ins ewige Verderben gestürzt haben könne:** Das »grässlich verzerrt[e)] [und verbrannte] Gesicht« des soeben verstorbenen Vaters schien Nathanaels Vermutung zunächst zu bestätigen, sein Vater habe einen Teufelspakt mit Coppelius abgeschlossen. Denn nach abergläubischer Tradition verzerren sich im Tod die Gesichtszüge des Teufelsbündners angesichts seiner ewigen Verdammnis, die nun einsetzt.

16,22 **Spalanzani:** Der berühmte italienische Naturforscher Lazzaro Spallanzani (1729–99) setzte sich mit der Theorie der Urzeugung auseinander, also der auf Aristoteles zurückgehenden Theorie einer elternlosen Zeugung von Lebewesen aus unbelebter Materie, z. B. aus Schlamm. Als Anatom, Physiologe und Embryologe befasste er sich u. a. mit der künstlichen Befruchtung von Fröschen und Hunden, um die Urzeugung zu widerlegen und seine Theorie zu stützen, Leben könne nur aus Leben entstehen.

17,2 **Cagliostro:** Giuseppe Balsamo (1743–95), aus Palermo (Sizilien) stammender Abenteurer, Magier und Alchemist, der sich seit 1776 als Alessandro Graf von Cagliostro ausgab, verschaffte sich mit dreisten Betrügereien Zugang zu den höchsten gesellschaftlichen

Kreisen in ganz Europa. Der berüchtigte Hochstapler war auch in die Halsbandaffäre um die französische Königin Marie Antoinette verwickelt. Wegen seiner Betrügereien musste Cagliostro häufig seinen Aufenthaltsort wechseln und wurde schließlich von der Inquisition in Rom als Mitglied einer Freimaurerloge wegen Häresie (Ketzerei) zu lebenslangem Kerker verurteilt.

17,2 **Chodowiecki:** Daniel Nikolaus Chodowiecki (1726–1801), populärer deutscher Maler, Zeichner und Kupferstecher, schuf in etwa 2300 Radierungen Szenen aus Kultur und Gesellschaft seiner Zeit. Seine Darstellung Cagliostros findet sich in der Reihe *Modetorheiten* im *Berliner genealogischen Kalender auf das Jahr 1789*.

19,28 **matt geschliffnen:** Selbst nach dem Feinschliff hat Spiegelglas wegen winziger Löcher auf der Oberfläche noch ein mattes Aussehen, was erst durch die abschließende Politur behoben wird.

20,14f. **Magdalenenhaar … Battonischem Kolorit:** E.T.A. Hoffmann war begeistert von dem Gemälde »Büßende Magdalena« des spätbarocken Malers Pompeo Girolano Battoni (1708–87), das er aus der Dresdner Gemäldegalerie kannte. Die christliche Heilige Maria Magdalena, Schutzpatronin der Frauen, der Verführten und der reuigen Sünderinnen, wird in der christlichen Bildlehre bzw. Ikonographie zumeist mit wallendem, offenem Haar dargestellt.

20,17 **Ruisdael:** Jacob van Ruisdael (um 1628–82), niederländischer Landschaftsmaler, dessen symbolisch-melancholischer Stil die Romantik beeinflusste.

23,20–32 **und berührt Claras holde Augen … in einen flammenden Feuerkreis … glühende Tropfen deines eignen Herzbluts:** Der Feuerkreis steht in Nathanaels Sprache für den Wahnsinn. Die in Aufruhr tobenden Elemente Feuer und Wasser sind so unkontrollierbar wie der dem Wahnsinn verfallene Verstand. Im Aberglauben lebt der Teufel als Herr über das Chaos im Feuer, ebenso wird der »teuflische Coppelius« immer wieder mit dem Feuer in Zusammenhang gebracht. – Clara weist darauf hin, dass sie ihre Augen noch habe, dass vielmehr das, was in Nathanaels Brust brenne, nur »aus seinem Innern« (36,8) kommen könne; sie spielt damit indirekt auf die narzisstische Selbstbezogenheit Nathanaels an.

25,3f. **»Du lebloses, verdammtes Automat!«:** damals gebräuchliches Neutrum. – Der Vergleich seiner lebhaften, hellwachen Braut mit einem Automaten steht im paradoxen Gegensatz zur späteren Verwechslung einer seelenlosen mechanischen Puppe mit einer einfühlsamen, verständigen Geliebten.

32,10 **sie aufzuziehen:** Mehrdeutigkeit (Ambiguität) des Verbs, nämlich zum einen Olimpia zum Tanz aufzufordern und damit vom Stuhl hochzuziehen, zum anderen den Automaten durch die Tanzbewegungen wie eine mechanische Uhr aufzuziehen.

33,5 f. **die Legende von der toten Braut:** 1797 hatte Goethe in seiner Geisterballade *Die Braut von Korinth* den Stoff einer bekannten Vampirsage über den Besuch einer Toten bei ihrem Geliebten aufgegriffen:

[…]
»Aber, ach! berührst du meine Glieder,
Fühlst du schaudernd, was ich dir verhehlt[1].
Wie der Schnee so weiß,
Aber kalt wie Eis
Ist das Liebchen, das du dir erwählt.«

Heftig fasst er sie mit starken Armen,
Von der Liebe Jugendkraft durchmannt:
»Hoffe doch bei mir noch zu erwarmen,
Wärst du selbst mir aus dem Grab gesandt!«
[…]

35,3 **Hieroglyphe:** (griech.) ›heilige Einritzung‹; Zeichen einer Bilderschrift (die ägyptischen Hieroglyphen waren zu E. T. A. Hoffmanns Zeit noch nicht entziffert worden); hier: Geheimzeichen, Zauberwort und damit Kernbegriff der romantischen Dichtung, da mit diesen Zeichen in einer Bildersprache tiefste Geheimnisse vermittelt werden können.

35,19 **Wahlverwandschaft:** Anspielung auf Goethes Roman *Die Wahlverwandtschaften* (1809). Titel und Inhalt übertragen einen Begriff der damaligen Chemie, wonach zwei Stoffe eine chemische Verbindung eingehen und wegen einer noch größeren Anziehungskraft und Entsprechung zu einem anderen Stoff wieder auflösen, auf Menschen und deren Liebesbeziehungen. Der Ro-

1 verborgen

man zeigt daher die Grenzen menschlicher Willensfreiheit angesichts einer naturgesetzlichen, auch bestehende Partnerschaften zerstörenden Anziehungskraft zwischen Liebenden.

37,10 **Coppelius:** eigentlich eine falsche Zuschreibung – und durch wen?

38,2 **die Augen dir gestohlen:** also Nathanael – in der Alchemistenküchenszene.

41,4 **Da standen die beiden Liebenden:** Die folgende Passage der Handschrift Hoffmanns wurde zugunsten der endgültigen Fassung vor dem ersten Druck gestrichen: »Da standen die beiden Liebenden Arm und Arm auf der Gallerie, und schauten hinein in ferne duftige Waldungen, und [sahen] verfolgten mit seehnsüchtigem blick wie der Strom in silbernen Windungen sich durch die blumen / flure schlängelte ›Was mag das für ein kleines [weißes] graues [*zuerst:* Haus, *dann:* Häubchen] Thurmchen seyn, was dort ligt – ach – es bewegt sich ja – schau doch hin Nathanael?‹ – Nathanael faßte mechanisch nach der Seitentasche – er fand Coppolas Perspektiv – er schaute seitwärts, Clara stand vor dem Glase. Da glühte und zuckte es in seinen Pulsen und Adern – Feuerströme glühten und sprühten durch die rollenden Augen – gräßlich brüllte er auf wie ein geheztes Thier, aber dann sprang er hoch in die lüfte und schrie in schneidendem Ton, entsezlich dazwischen / lachend: Holzpüpchen dreh' dich – Holzpüpchen dreh dich – Und mit gewaltiger Kraft faßte er Clara und wollte sie hinabschleudern [übers Geländer], aber Clara krallte sich in verzweifelter TodesAngst fest an das Geländer – Lothar hörte ihr Geschrey, eine gräßliche Ahnung durchflog ihn – er rannte herauf – die Thüre der zweiten Treppe war verschloßen, Claras Jammergeschrey hallte – stärker – und stärker Unsinnig vor Wuth [Entsetzen] und Angst schlug er dagegen – sie wich seinem [kräftigen] verdoppelten Stoßen – Matter tönten Clara's Laute – herauf immer fort herauf – auch die Thür zur Gallerie war verschloßen – Hülfe – Rettung – Hülfe Hülfe – So erstarb beinahe [erstarben] [schon] Claras [TodesLaute] Rufen – Sie ist hin – Sie ist hin – gemordet vom Rasenden – so schrie Lothar – die Verzweiflung gab ihm Riesenkraft – mit [ganzem Leibe] voller Stärke gegen die Thüre drängend riß er sie aus den Angeln – Gott im Himmel! – Nathanael hatte Claras rechte Hand losgemacht vom Geländer sie hing [über dem Geländer] mit [*unleserliches Wort*] Leibe heraus ins Freye – das Kleid flatterte in den Luften – Aber in dem Augenblick faßte mit der einen Hand Lothar die Schwester und schlug mit geballter Faust dem rasenden Nathanael ins Gesicht daß er zurückprallte – Mit der Schnelligkeit des Blitzes rannte Lothar die ohnmächtige [Schwester] Clara in den Armen herab. Sie war gerettet –

Nun raste Nathanael herum auf der Gallerie, da rief eine widerwärtige Stime von unten herauf: Ey Ey – Kleine Bestie – willst Augen machen lernen – wirf mir dein Holzpüpchen zu! – wirf mir dein Holzpüpchen zu – – es war das klein grau Thürmchen, was Clara geschaut – aber nicht ein Thürmchen – der Advokat Coppelius stand unten am Thurm und schaute und rief so herauf – Nathanael erblickte den Coppelius und lachte: ha ha ha – Sköne Oke – Sköne Oke – Kauf sie dir ab – Kauf sie dir ab – Komm' schon – Komm schon! – Und damit sprang er über das Geländer! –

Als Nathanael mit zerschmettertem Gehirn [unten] auf [der Straße] dem Steinpflaster lag, war Coppelius unter den Menschen, die sich um den Todten versammelten, verschwunden.

Nach mehreren Jahren will man in einer entfernten Gegend Clara gesehen haben, wie sie mit einem freundlichen Manne Hand in Hand vor der Thüre eines schönen Landhauses saß, und vor ihr her zwey muntre goldlockigte Knaben spielten. Es wäre daraus zu schließen, daß sie das ruhige häusliche Glück noch fand, das ihrem heitern, lebenslustigen Sinn zusagte, und das ihr der im Innern zerrißene Nathanael niemahls gewähren konte.«

41,11f. **Clara stand vor dem Glase!:** Indem Nathanael durch dasselbe Spektrum blickt, durch das er früher Olimpia betrachtet hatte, erlebt er das, vor dem ihn seine Freunde bewahren wollten, nämlich einen furchtbaren »Anklang an die Vergangenheit« (40,25f.). Dabei kommen ihm die schrecklichen Geschehnisse um Olimpias Demontage wieder ins Bewusstsein, was sich an dem Satz zeigt: »Holzpüppchen dreh dich!« Vgl. dazu auch weitere Deutungen in den Materialien, z.B. Koebner (Kap. 5.3, S. 77), Saße (Kap. 5.4, S. 78).

Abb. 1: Selbstporträt E. T. A. Hoffmanns. Stich eines unbekannten Künstlers nach einer Zeichnung Hoffmanns

3.1 E. T. A. Hoffmann – Stationen seines Lebens

1776 Am 24. Januar wird Ernst Theodor Wilhelm Hoffmann in Königsberg (heute: Kaliningrad) als Sohn des Hofgerichtsadvokaten (Rechtsanwalts) Christoph-Ludwig H. und dessen Frau (und Cousine) Louisa Albertina, geb. Doerffer, geboren.

1778 Nach der Scheidung der Eltern zieht seine Mutter mit dem zweijährigen Sohn in das Haus der verwitweten Großmutter, wo er unter der Obhut der Doerfferschen Familie mit großer Strenge erzogen wird (seinen Vater sieht er nie wieder).

1782–92 Besuch der evangelisch-reformierten Burgschule in Königsberg. Beginn einer lebenslangen Freundschaft mit Theodor Gottlieb Hippel (1775–1843).

1790 Hoffmanns musikalische und zeichnerische Begabung wird durch privaten Musik- und Zeichenunterricht gefördert.

1792–95 Studium der Rechtswissenschaften in Königsberg. Nach dem ersten juristischen Staatsexamen 1795 tritt Hoffmann eine Stelle als Auskultator (Referendar) am Gericht an. Nach einer öffentlich gewordenen Affäre mit einer neun Jahre älteren, verheirateten Frau muss Hoffmann Königsberg verlassen und wird nach Glogau versetzt.

1789 Verlobung Hoffmanns mit seiner Cousine Minna Doerffer. Nach dem zweiten juristischen Examen lässt er sich nach Berlin versetzen und folgt damit seiner Verlobten, deren Vater als Geheimer Obertribunalrat nach Berlin berufen worden war.

1800 Drittes juristisches Examen und Versetzung als Assessor an das Obergericht in Posen, wo er die Tochter des polnischen Stadtschreibers Maria Thekla Michaelina Rorer-Trzcińska (»Mischa«) kennenlernt.

1802 Skandal wegen einiger Karikaturen Hoffmanns über einflussreiche Mitglieder der Posener Gesellschaft und Strafversetzung nach Plock. Zuvor löst Hoffmann die Verlobung mit seiner Cousine und heiratet Michaelina.

1804 Hoffmann wird als Regierungsrat nach Warschau versetzt. Kleinere Erfolge mit eigenen Kompositionen. Auf dem Titelblatt einer Partitur nennt sich der Mozart-Verehrer erstmals »Amadeus«.

1805 Nach dem Einmarsch der siegreichen französischen Truppen in Warschau wird Hoffmann stellungslos, weil er den Huldigungseid auf Napoleon verweigert.

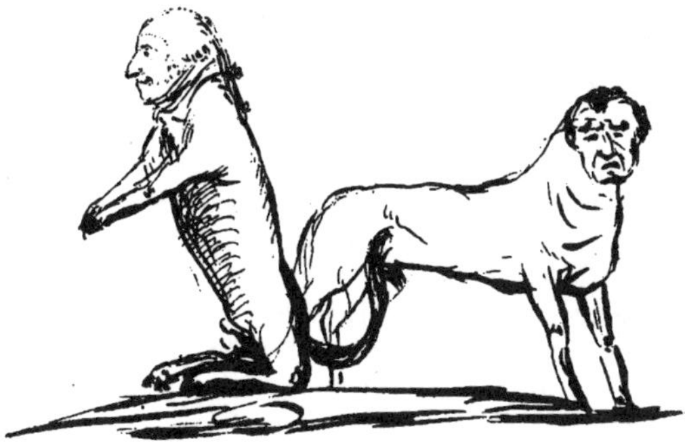

Abb. 2: Die beiden dienstältesten Räte Marggraff und von Klöber bei der preußischen Regierung in Warschau. Federzeichnung Hoffmanns, um 1804

1807 Unter schwierigsten finanziellen Verhältnissen (vgl. 3.2) verbringt der vertriebene Regierungsrat das Jahr in Berlin und Posen, wo seine zweijährige Tochter stirbt.

1808–12 Hoffmann wird als Kapellmeister nach Bamberg berufen. Nach seinem misslungenen Debüt als Dirigent gibt er die Leitung des Orchesters auf, bleibt aber in der folgenden Zeit als Komponist, Bühnenbildner, Regisseur und Dramaturg für das Bamberger Theater tätig, das seit 1810 unter der neuen Leitung Franz Ignaz von Holbeins (1779–1855) eine Glanzzeit erlebt. Beschäftigung mit Naturphilosophie, Magnetismus und psychischen Krankheiten durch seinen Kontakt zu dem berühmten Arzt F. A. Marcus. Hoffmann leidet jedoch unter ständiger Geldnot (vgl. 3.8) und ist auf das Erteilen von Musikunterricht angewiesen (Skandal wegen seiner leidenschaftlichen, aber aussichtslosen Liebe zu einer jungen Musikschülerin).

1813 Als Musikdirektor einer Operntruppe erlebt Hoffmann mit der Schlacht von Dresden und der von Hungersnot und Seuchen begleiteten Belagerung der Stadt den blutigen Befreiungskampf der österreichisch-preußisch-russischen Koalitionsarmee gegen Napoleon.

1813–15 Durch Vermittlung seines alten Freundes Hippel erhält Hoffmann die Aussicht auf eine Wiederanstellung als preußischer Staatsbeamter. Er erzielt mit dem Erscheinen der *Fantasiestücke* seinen literarischen Durchbruch und zieht in die später berühmt gewordene Wohnung am Gendarmenmarkt in Berlin (Taubenstraße 31) ein.

1816 Hoffmann wird zum Kammergerichtsrat ernannt und erwirbt sich in den folgenden Jahren großes berufliches Ansehen. – Das Erscheinen des zweiten Bandes der *Elixiere des Teufels*, die Uraufführung seiner romantischen Oper *Undine* und die Veröffentlichung der *Nachtstücke* (darin auch: *Der Sandmann*) machen ihn zu einem gefragten Schriftsteller und Komponisten, der allerdings wegen seines privaten Lebensstils (er ist Stammgast im Weinhaus »Lutter und Wegener«, vgl. 3.3) auch heftig kritisiert wird.

1819 Das »Mährchen« *Klein-Zaches* und die ersten beiden Bände der *Serapionsbrüder*, einer vierbändigen Sammlung von Erzählungen, erscheinen. – Im Zusammenhang mit der seit den »Karlsbader Beschlüssen« im gesamten Deutschen Bund einsetzenden »Demagogenverfolgung« wird Hoffmann gegen seinen Willen als Mitglied der »Immediatkommission zur Ermittlung von hochverräterischen Verbindungen und anderen gefährlichen Umtrieben« berufen und erhält damit eine verantwortungsvolle Position in der Restaurationszeit.

1820–22 Weitere Erzählungen der *Serapionsbrüder* werden herausgegeben, darunter *Das Fräulein von Scuderi* und *Prinzessin Brambilla*. – Hoffmanns couragiertes Eintreten für rechtsstaatliche Prinzipien als Gutachter der »Immediatkommission« führt zu schweren Konflikten mit den preußischen Ermittlungsbehörden, die ihm schließlich Verhöhnung staatlicher Behörden vorwerfen und ihn mit einem Disziplinarverfahren überziehen. Denn in seinem skurrilen Kunstmärchen *Meister Floh* kritisiert Hoffmann mit den Mitteln der Satire den Gesinnungsterror des preußischen Staats im Kampf gegen angebliche Staatsfeinde und Verschwörer (vgl. 3.4). Als 1822 die um die umstrittenen Textstellen gekürzte Erzählung erscheinen kann, ist Hoffmann bereits von einer rasch fortschreitenden Lähmungskrankheit so schwer gezeichnet, dass er wenig später, am 25. Juni, stirbt.

Abb. 3: *Meister Floh.* Vorderdeckel, Stich von Carl Friedrich Thiele nach einer Zeichnung Hoffmanns, 1822

3.2 E.T.A. Hoffmann: »Seit fünf Tagen habe ich nichts gegessen als Brot« (1808)

»*7. Mai 1808* Wie kommt es, daß ich gar nichts von Dir höre? Alles schlägt mir hier fehl; weder aus Bamberg noch aus Zürich noch aus Posen erhalte ich einen Pfennig. Ich arbeite mich müde und matt, setze fort die Gesundheit zu und erwerbe nichts! Ich mag Dir meine Not nicht schildern; sie hat den höchsten Punkt erreicht. *Seit fünf Tagen habe ich nichts gegessen als Brot* – so war es noch nie!

Jetzt sitze ich von Morgen bis in die Nacht und zeichne an Szenen für Werners[2] ›Attila‹, der in der Realbuchhandlung verlegt wird. Noch ist es nicht gewiß, ob ich alle Kupfer[3] zu zeichnen erhalte; gelingt mir dies, so verdiene ich etwa 4 bis 5 Friedrichsdor, die dann auf Miete und kleine Schulden aufgehen. Ist es Dir möglich, mir zu helfen, so schicke mir etwa 20 Friedrichsdor[4], sonst weiß ich bei Gott nicht, was aus mir werden soll.«

E.T.A. Hoffmann: Brief an seinen Freund Theodor Gottlieb von Hippel vom 7. Mai 1808. Zit. nach: E.T.A. Hoffmann. Leben und Werk in Briefen, Selbstzeugnissen und Zeitdokumenten. Hrsg. von Klaus Günzel. Berlin: Verlag der Nation, [2]1978. S. 141.

3.3 Julius Edward Hitzig: *Durchschwärmte Nächte* (1823)

»Seine Lebensordnung … war die: Am Montage und Donnerstage brachte er die Vormittage in den Sitzungen des Kammergerichts, an den andern Tagen zu Hause arbeitend, die Nachmittage in der Regel schlafend, im Sommer auch spazierengehend zu; die Abende und Nächte in dem Weinhause. War er, was häufig, in manchen Perioden täglich geschah, mittags oder abends, oder mittags und abends, in Gesellschaft – denn nicht aus aller Gesellschaft, bloß aus der seiner Freunde und aus den feinern Tees war er geschieden, dagegen unter Männern und bei Trinkgelagen immer ein willkommener Gast – oft abends in zwei Zirkeln, von sieben bis neun und von neun bis zwölf, gewesen, so ging er, es mochte so spät sein, als es wollte, wenn alle anderen sich nach Hause begeben, noch in das Weinhaus, um dort den Morgen zu erwarten. Früher in seine Wohnung zurückzukehren war ihm nicht gut möglich.

Man denke hiebei aber nicht etwa an einen gemeinen Trinker, der trinkt und trinkt aus Wohlgeschmack, bis er lallt und schläft; gerade das Umgekehrte war Hoffmanns Fall. Er trank, um sich zu montieren[5]; dazu gehörte anfangs, wie er noch kräftig war, weniger, später natürlich mehr. Aber war er einmal montiert, wie er es nannte, in exotischer Stimmung, die, oft bei einer halben Flasche Wein, auch nur *ein* gemütlicher Zuhörer hervorrufen konnte, so gab es nichts

2 Werners: Zacharias Werner (1768–1823), einziger erfolgreicher Bühnenautor der deutschen Romantik
3 Druckplatten aus Kupfer für Radierungen
4 preußische Goldmünzen
5 hier: sich in Stimmung zu bringen

Interessanteres als das Feuerwerk von Witz und Glut der Fantasie, das er dann unaufhaltsam, oft fünf, sechs Stunden vor der entzückten Umgebung aufsteigen ließ. War aber auch seine Stimmung nicht exaltiert, so war er im Weinhause nie müßig, wie man so viele sitzen sieht, die nichts tun als nippen und gähnen; er schaute vielmehr mit seinen Falkenaugen überall umher. Was er an Lächerlichkeiten, Auffallenheiten, selbst an rührenden Eigenheiten bei den Weingästen bemerkte, wurde ihm zur Studie für seine Werke, oder er warf es mit fertiger Feder auf das Papier, kurz, er sprach selten seine Freunde, ohne daß er ihnen neue und pikante Kuriosa[6] aus dieser seiner Welt zu erzählen wußte.

Unter solchen Umständen hatten auch, die es am besten mit ihm meinten, ihm diese Erholung gern gönnen können – oft war der geistreichste Kreis um ihn versammelt, und Fremde, die nach Berlin kamen und ihn gern sehen wollten, suchten ihn, da seine Lebensweise bekannt war, immer in seinem Weinhause auf; wäre nur der zerstörliche Einfluß zu beseitigen gewesen, den das unausgesetzte Nachtschwärmen, verbunden mit geistiger Anstrengung aller Art am Tage – da er mit seinen Dienstarbeiten nie im Rückstande blieb und Bücher über Bücher schrieb –, unausbleiblich auf seine Gesundheit äußern mußte.«

Julius Edward Hitzig: Aus Hoffmanns Leben und Nachlaß. Hrsg. von dem Verfasser des Lebens-Abrisses Fr. L. Zacharias Werners. Tl. 1–2. Berlin 1823. Zit. nach: Ebd. S. 334f.

3.4 Friedrich von Schuckmann (Preußischer Innen- und Polizeiminister): »Er hat als einen pflichtvergessenen, höchst unzuverlässigen und selbst gefährlichen Staatsbeamten sich bewiesen« (1822)

»*4. Februar 1822* … Da der Kammergerichtsrat Hoffmann nicht bloß Staatsdiener, sondern selbst Mitglied der Immediat-Untersuchungs-Kommission ist, so hat er die Seiner Majestät dem Könige schuldige Ehrfurcht und Treue in einem ausgezeichneten Grade verletzt, indem er die von Allerhöchst Denenselben angeordnete, ihm selbst zur Ausführung mit übertragene Maßregel lächerlich darzustellen und zu kompromittieren versucht und zu dem Ende sie zum

6 seltsame, skurrile Ereignisse

Gegenstande einer hämischen Satyre[7] und der Verleumdungssucht gemacht hat. Er hat mit diesem Vergehen das der gebrochenen Amtstreue und der Propalierung[8] von Aktenstücken und Amtshandlungen verbunden und in allen diesen Beziehungen als einen pflichtvergessenen, höchst unzuverlässigen und selbst gefährlichen Staatsbeamten sich bewiesen.

[...]

Wenn man mit diesem Vergehen des Kammergerichtsrats Hoffmann sein bisheriges Benehmen in der Untersuchungs-Kommission, z.B. sein aktenwidriges Votum[9] in der Untersuchung wider den Dr. Roediger und seine Vota wegen des Dr. von Mühlenfels[10], vergleicht und dabei auf sein früheres Betragen – indem er schon als Regierungsrat zu Posen auf das ganze Kollegium, dessen Mitglied er war, ein Pasquill[11] gemacht haben soll – sowie auf seine schriftstellerische Tätigkeit Rücksicht nimmt, so kann über die offizielle und moralische Unwürdigkeit dieses Mannes ein Zweifel kaum obwalten.

Es rechtfertigt sich daher allenthalben das Bedürfnis, [...] den Kammergerichtsrat Hoffmann so schleunig als möglich nicht allein aus der Immediat-Untersuchungs-Kommission, sondern auch aus seinen hiesigen Amts- und übrigen Verhältnissen in Verhältnisse zu versetzen, in welchen er vermöge seines Leichtsinns, seiner Eitelkeit, Schreibsucht und Gewinnsucht von den dem bösen Prinzip anhängenden Personen nicht als Werkzeug und zur Kompromittierung des öffentlichen Ansehens gemißbraucht werden kann. Der geringe Grad öffentlicher Achtung, dessen er bisher noch genossen haben mag, ist ohnehin durch diesen Vorfall, der bereits sehr bekannt ist und noch allgemeiner bekannt werden wird, mithin durch sein eigenes Verschulden, ganz verloren.«

Innen- und Polizeiminister Friedrich von Schuckmann: Schreiben an den preußischen Staatskanzler Carl Fürst von Hardenberg. Zit. nach: Ebd. S. 459 f.

7 Satire, Spottschrift
8 Veröffentlichung (von lat. *propalam* ›vor aller Welt‹)
9 Urteil (Pl.: Vota)
10 Dr. Roediger, Dr. von Mühlenfels: als angebliche »Demagogen« verhaftete Liberale, für deren Freilassung sich Hoffmann einsetzte
11 Schmäh- oder Spottschrift

Abb. 4: Federzeichnung Hoffmanns auf einem Aktendeckel, entstanden während einer Sitzung des Kriminalsenats, wohl Herbst 1821. Rechts zwei karikierte Figuren, links ein Mann auf einem Kater reitend, evtl. Karikatur von Hoffmanns Kampf gegen Kamptz und die Bürokratie

3.5 Johann Wolfgang Goethe: »die krankhaften Werke des leidenden Mannes« (1827)

Indem er die vernichtende Kritik des weltbekannten schottischen Dichters Walter Scott am Verfasser des *Sandmann* (»feverish dreams of a lightheaded patient«, 1827) bestätigte und verstärkte (»fieberhafte Träume eines leichtbeweglichen kranken Gehirns«), beschädigte Goethe mit seiner Rezension den Ruhm und Ruf seines Zeitgenossen und Dichterkollegen E.T.A. Hoffmann nachhaltig. Denn dessen Werk wurde nun ebenso wie sein Autor bis ins 20. Jahrhundert hinein in die Nähe des Pathologischen gerückt.

Nach Goethes Ansicht zeige Scott am Beispiel Hoffmann, »wie [...] die Einbildungskraft immer vorschreite, bis sie endlich, wenn sie keine höhere bändigende Kunst anerkennt, sich ganz und gar in's Falsche verliert, das Gräßliche, Schreckliche in's Unnatürliche und Unmögliche steigert und zuletzt ganz und gar Unerträgliches hervorbringt.

[...] welcher treue, für Nationalbildung besorgte Theilnehmer hat nicht mit Trauer gesehen, daß die krankhaften Werke des leidenden Mannes [gemeint ist Hoffmann] lange Jahre in Deutschland wirksam gewesen und solche Verirrungen als bedeutend-fördernde Neuigkeiten gesunden Gemüthern eingeimpft worden.«

Goethes Werke. Hrsg. im Auftrage der Großherzogin Sophie von Sachsen. [Weimarer Ausgabe.] Abt. 1. Bd. 42,1. Weimar: Böhlau, 1904. S. 86–88.

3.6 Rüdiger Safranski: »Wenn es jemanden gab, der dem romantischen Ideal des Spielers … wirklich nahe kam, so war es Hoffmann« (2007)

»Hoffmann [...] mußte lange auf den Erfolg warten. Er ist siebenundzwanzig, als 1809 zum ersten Mal etwas Gedrucktes von ihm erscheint, der *Ritter Gluck*. Er ist Mitte Dreißig, als die aufgestauten Massen musikalischer und literarischer Phantasien losbrechen. Jetzt gibt es kein Halten mehr. Es dauert nur wenige Wochen, dann redet das ganze literarische Deutschland von ihm. Bald nennt man ihn den ›Gespenster-Hoffmann‹. Er wird der Star der Frauentaschenbücher. Es beginnen seine Berliner Tage und Nächte um den Gendarmenmarkt herum. Man geht zu ›Lutter und Wegner‹, um den kleinen Gnom mit den beweglichen Gesichtszügen dort sitzen und zechen zu sehen, zusammen mit dem unvermeidlichen Schauspieler Devrient. Die beiden werfen sich die Bälle ihrer Einfälle zu, mischen Ernst und Spiel, ironisieren und imitieren die Leute und sich selbst, machen sich Geständnisse, geben Trost, führen ihre Nachtgespenster vor. In den Nächten mit Devrient hatten Hoffmanns Erzählungen Premiere. Als Kammergerichtsrat ist er bei den Liberalen in der Stadt hoch angesehen, denn bei den sogenannten ›Demagogenverfolgungen‹ nach 1817 verteidigte er hartnäckig rechtsstaatliche Grundsätze gegen seine Vorgesetzten und zog sich deshalb sogar ein Disziplinarverfahren zu. Hoffmann ist berühmt und bei manchen berüchtigt. [...]

Wenn es jemanden gab, der dem romantischen Ideal des Spielers, in Leben und Werk, wirklich nahe kam, so war es Hoffmann. Was er tat – das Schreiben, die Amtsgeschäfte, das Komponieren –, geschah sehr gewissenhaft, aber fast immer mit der Leichtigkeit des Nebenher; es lag nicht das ganze Schwergewicht darauf. Die berühmte Erzählung ›Der Sandmann‹ konzipierte er beispielsweise während einer langweiligen Sitzung im Berliner Kammergericht. Er konnte auf vielen Hochzeiten tanzen und aus vielen Augen auf die Wirklichkeit blicken. Nur so, mit Perspektivenreichtum und Phantasie, läßt sich

Abb. 5: Federzeichnung Hoffmanns in einem Brief an Ludwig Devrient, vermutlich Frühjahr 1817, mit einer Einladung zu Salat und Portwein

die Wirklichkeit erfassen, die eben immer noch phantastischer ist als jede Phantasie.«

Rüdiger Safranski: Romantik. Eine deutsche Affäre. München: Hanser, 2007. S. 219–221. –

3.7 Heinrich Heine: »Dort am Tisch das kleine bewegliche Männchen … Das ist der Kammergerichtsrath Hoffmann, der den Kater Murr geschrieben« (1822)

»Hier gleich am Thore stehen Droschken. So heißen unsere hiesigen Fiaker. Man zahlt 4 Groschen Courant[12] für eine Person und 6 Gr. C. für zwei Personen, und der Kutscher fährt wohin man will. Die Wagen sind alle gleich, und die Kutscher tragen alle graue Mäntel mit gelben Aufschlägen. […] Gut, wir sind am Ziel. Halt! Hier ist das Kaffe-Royal. […] Laßt uns hineingehn. Ein schönes Lokal; vorn das splendideste Kaffehaus Berlins, hinten die schöne Restaurazion. Ein Versammlungsort eleganter, gebildeter Welt. Sie können hier oft die interessantesten Menschen sehen. […] Aber dort am Tisch das kleine bewegliche Männchen mit den ewig vibrirenden Gesichtsmuskeln, mit den possierlichen und doch unheimlichen Gesten?

12 preußische Silbermünze

Das ist der Kammergerichtsrath Hoffmann, der den Kater Murr geschrieben […].

Hoffmann gibt jetzt bei Willmanns in Frankfurt, unter dem Titel: ›Der Floh‹ einen Roman heraus, der sehr viel politische Sticheleien enthalten soll.«

Heinrich Heine. Briefe aus Berlin. Erster Brief, Berlin den 26. Januar 1822. Rheinisch-Westfälischer Anzeiger. Beilage 1822. S. 106–110. Zit. nach dem Heinrich-Heine-Portal: http://www.hhp.uni-trier.de/Projekte/HHP/digitalimages [abgerufen am 13.3.2014]

3.8 E.T.A. Hoffmann: »… daß ich an den notwendigsten Bedürfnissen des Lebens Mangel leide« (1812)

»*10. Dezember 1812* … Erlauben Sie mir aber, eine Bitte hinzuzufügen, die nur das unbegrenzte Zutrauen zu Ihrer Güte und Freundschaft sowie der eiserne Drang der Umstände mir abnötigt! – Das plötzliche Ausbleiben einer kleinen Revenue[13], die ich aus meiner Vaterstadt, Königsberg in Preußen, beziehe, sowie daß ein paar Familien, in denen ich sehr lukrativen musikalischen Unterricht erteilte, Bamberg plötzlich verließen, hat mich in diesem Augenblick in eine solche drückende Lage versetzt, daß ich – schwer hält es mir, es zu sagen – an den notwendigsten Bedürfnissen des Lebens Mangel leide. Aller Mühe unerachtet werde ich erst Ende Januar wieder auch nur einige Ressourcen erhalten. Bis dahin bleibt mir aber alles verschlossen, und meine einzige Zuflucht ist, daß ich, in dem Vertrauen, das mir Ihre mir oft geäußerten gütigen Gesinnungen eingeflößt haben, Sie ergebenst bitte, mir das kleine Honorar für meine Übersetzung schon jetzt zu pränumerieren und gütigst umgehend zu übermachen.«

E.T.A. Hoffmann: Brief an den Musikverleger Härtel vom 10. Dezember 1812. Zit. nach: E.T.A. Hoffmann. Leben und Werk in Briefen, Selbstzeugnissen und Zeitdokumenten. Hrsg. von Klaus Günzel. Berlin: Verlag der Nation, [2]1978. S. 190 f.

13 Einkommen, Einnahme

4. »Wahnsinn« – Nachtseiten der menschlichen Psyche

4.1 Meyers Konversationslexikon: »Wahnsinn« (1888)

»**Wahnsinn** (Ekstasis), im gewöhnlichen Sprachgebrauch allgemeine Bezeichnung der Seelenstörungen überhaupt, im beschränkten Sinn derjenige Exaltationszustand[14] der geistigen Thätigkeit, dessen Wesen in einer krankhaft gesteigerten Einbildungskraft mit den daraus hervorgehenden ausschweifenden Wahnvorstellungen besteht.«

Meyers Konversationslexikon. Leipzig/Wien: Verlag des Bibliographischen Instituts, ^{4}1885–92. Bd. 16. S. 331.

4.2 Fischer/Riedesser, *Lehrbuch der Psychotraumatologie*: »Trauma« (2009)

Die Erkenntnisse der modernen Traumatologie legen es nahe, die Verhaltensauffälligkeiten Nathanaels als Symptome eines Traumas zu betrachten,[15] etwa die Zusammenbrüche, begleitet von lähmungsartigen Zuständen; das kindliche Hinzeichnen des Sandmanns in »abscheulichsten Gestalten« als Vollendungszwang; die »flashbacks« mit räumlicher, zeitlicher und logischer Desorientierung; ferner die Tabuisierung der dramatischen Ereignisse in Nathanaels Elternhaus und sein jahrelanges Unvermögen, von jenen Kindheitserlebnissen zu erzählen – bei gleichzeitiger Flucht in die Welt der Phantasie und Dichtung.

»**Trauma, Definition der traumatischen Erfahrung.** Psychische Traumatisierung lässt sich definieren als vitales[16] Diskrepanzerlebnis zwischen bedrohlichen Situationsfaktoren und den individuellen Bewältigungsmöglichkeiten, das mit Gefühlen von Hilflosigkeit und schutzloser Preisgabe einhergeht und so eine dauerhafte Erschütterung von Selbst- und Weltverständnis bewirkt. […]

Traumaschema. Zentrales, in der traumatischen Situation akti-

14 Erregungszustand
15 Ich danke Hannes Fricke für wertvolle Hinweise.
16 grundlegendes, das gesamte Leben betreffendes

viertes Wahrnehmungs-/Handlungsschema, das im Sinne von Trauma als einem unterbrochenen Handlungsansatz mit Kampf- bzw. Fluchttendenz die traumatische Erfahrung im Gedächtnis speichert. Die neurokognitiven Anteile des TS [Traumschemas] sind – wegen der mit der traumatischen Reaktion verbundenen neuronalen Informationsblockade – der expliziten, durch die Hippocampusregion gesteuerten Erinnerung oft unzugänglich, so dass die erneute Stimulation des TS über implizite Erinnerung erfolgt. […]

Traumatischer Prozess. Selbstschutzmaßnahmen zielen auf eine Schadensbegrenzung und traumakompensatorische[17] Vorkehrungen ab im Sinne des Versuchs, mit einer Erfahrung zu leben, mit der sich nicht leben lässt. Zentrales Agens im TP [Traumatischen Prozess] ist die dynamische Spannung zwischen Traumaschema, das die traumatischen Eindrücke und Erinnerungsbilder speichert und traumakompensatorischem Schema als der Basisstrategie kompensatorischer Selbstschutzmaßnahmen. […]

Traumatische Reaktion. Charakteristisch für die tR [traumatische Reaktion] ist der biphasische[18] Wechsel zwischen Intrusion (wiederkehrende Erinnerungsbilder, ›flash-backs‹) und emotionaler Dumpfheit (psychic numbing, emotionale Anästhesie[19]) […].

Bei Extremtraumatisierung kann der biphasische Verlauf die extremen Formen der ›katatonoiden‹ Erstarrung annehmen im Wechsel mit einem panikartigen Bewegungssturm, bisweilen begleitet von psychotischen Erlebnisepisoden. […]

Die wiederkehrenden Erinnerungsbilder haben für die Betroffenen oft den Charakter einer unmittelbaren Wiederholung der traumatischen Situation […]. So kann zwischen Gegenwart und Vergangenheit nicht mehr unterschieden werden. Die ›flash-backs‹ bestehen aus zusammenhanglosen (dekontextualisierten) Sinnesfragmenten. […]

Unbewusst. Im Sinne der kognitiven Psychologie eine Form der außerbewussten Informationsverarbeitung, die bis zu 90 % der jeweils mental verarbeiteten Informationsmenge umfasst. Dynamisch unbewusst im Sinne der Psychoanalyse sind außerbewusste Informationsverarbeitungsprozesse, die aus psychologisch nachvollzieh-

17 das Trauma irgendwie bewältigende
18 zwischen zwei Phasen wechselnde
19 Betäubtheit

baren Motiven vom Bewusstwerden ferngehalten werden, gleichwohl unter Umgehung des Bewusstseins Handlungs- bzw. Erlebniswirksamkeit entfalten [...].

Wiederholungszwang. Resultiert aus drei Motiven. Im Sinne der ›control-mastery-Theorie‹ und des sog. ›Zeigarnik-Effekts‹ entspricht er der Tendenz zur Vollendung einer unterbrochenen Handlung (Vollendungstendenz, aktive Wiederholung). Die passive Wiederholung wird gesteuert durch implizite (im Unterschied zu expliziter) Erinnerung an die traumatische Situation. Die traumatischen Situationsfaktoren werden nicht als solche erkannt, gefährliche und ungefährliche Stimuli werden nicht unterschieden, so dass die Person ungeschützt einer Retraumatisierung ausgesetzt ist.«

Gottfried Fischer / Peter Riedesser: Lehrbuch der Psychotraumatologie. 4., aktual. und erw. Aufl. München/Basel: Reinhardt, 2009. S. 395 f., 398 f. –

4.3 E. T. A. Hoffmann, *Die Serapions-Brüder*: »Es sind kaum drei Stunden her, als mich der Kaiser Decius hinrichten ließ«

In Hoffmanns Erzählsammlung *Die Serapions-Brüder* (1818–21) berichtet einer der Erzähler von seiner Begegnung mit einem geistesgestörten Grafen, der als Einsiedler in den Tiroler Alpen lebt und sich für den heiligen Serapion hält, einen um 195 n. Chr. unter Kaiser Septimius Severus hingerichteten christlichen Märtyrer aus Mazedonien. Auf die Versuche des Erzählers, ihn mit rationalen und empirischen Argumenten von seiner fixen Idee zu heilen, reagiert der eingebildete Serapion mit einer Antwort, die typische Merkmale des Wahns offenbart: objektive Falschheit, subjektive Gewissheit, Unzugänglichkeit gegenüber einer Argumentation und damit das unverrückbare Festhalten an der eigenen Vorstellungswelt, auch wenn sie von außen betrachtet noch so falsch ist.

»Sie sagen, daß der Märtyrer Serapion vor vielen hundert Jahren lebte und daß ich folglich nicht jener Märtyrer sein könne, wahrscheinlich aus dem Grunde, weil Menschen nicht so lange auf Erden zu wandeln vermögen. Fürs erste ist die Zeit ein eben so relativer Begriff wie die Zahl, und ich könnte Ihnen sagen, daß, wie ich den Begriff der Zeit in mir trage, es kaum drei Stunden oder wie Sie sonst den Lauf der Zeit bezeichnen wollen, her sind, als mich der Kaiser Dezius hinrichten ließ. Dann aber, davon abgesehen, können Sie mir nur *den* Zweifel entgegenstellen, daß ein solch langes Leben, wie ich geführt haben will, beispiellos und der menschlichen Natur entgegen sei. Haben Sie Kenntnis von dem Leben jedes einzelnen Menschen, der auf der ganzen weiten Erde existiert hat, daß Sie das Wort beispiellos keck aussprechen können? – Stellen Sie die Allmacht Gottes der armseligen Kunst des Uhrmachers gleich, der die tote Maschine nicht zu retten mag, vor dem Verderben? – Sie sagen, der Ort, wo wir uns befinden, sei nicht die Thebaische Wüste, sondern ein kleiner Wald, der zwei Stunden von B*** liege und täglich von Bauern, Jägern und andern Leuten durchstreift werde. Beweisen Sie mir das!

Hier glaubte ich meinen Mann fassen zu können. ›Auf‹, rief ich, ›kommen Sie mit mir, in zwei Stunden sind wir in B***, und das, was ich behauptet, ist bewiesen.‹

›Armer verblendeter Tor‹, sprach Serapion, ›welch ein Raum trennt uns von B***! – Aber gesetzten Falls ich folgte Ihnen wirklich nach einer Stadt, die Sie B*** nennen, würden Sie mich davon überzeugen können, daß wir wirklich nur zwei Stunden wandelten, daß der Ort, wo wir hingelangten, wirklich B*** sei? – Wenn ich nun behauptete, daß eben Sie, von einem heillosen Wahnsinn befangen, die Thebaische Wüste für ein Wäldchen und das ferne, ferne Alexandrien für die süddeutsche Stadt B*** hielten, was würden Sie sagen können? Der alte Streit würde nie enden und uns beiden verderblich werden. – Und noch eins mögen Sie recht ernstlich bedenken! – Sie müssen es wohl merken, daß der, der mit Ihnen spricht, ein heitres ruhiges mit Gott versöhntes Leben führt. Nur nach überstandenem Märtyrertum geht ein solches Leben im Innern auf. Hat es nun der ewigen Macht gefallen, einen Schleier zu werfen über das, was vor jenem Märtyrertum geschah, ist es nicht eine grausame heillose Teufelei, an diesem Schleier zu zupfen?‹«

E.T.A. Hoffmann: Poetische Werke in sechs Bänden. [Hrsg. von Gerhard Seidel.] Berlin: Aufbau-Verlag, 1958. Bd. 3: Die Serapions-Brüder. S. 29 f.

4.4 Rudolf Drux: »Nathanaels erster Brief erhält dadurch den Charakter einer Anamnese« (1991)

Hoffmann hatte sich über ein intensives Studium der Fachliteratur und über seine Bekanntschaft mit einem Bamberger Nervenarzt »umfassende Kenntnisse über Genese, Symptome und Therapie des

Wahnsinns« (R. Drux) erarbeitet, auf die er sich als Richter bei Gutachten über die Zurechnungsfähigkeit von Straftätern stützen konnte. Dieses Fachwissen verwendete er auch zur Gestaltung seiner exzentrischen Erzählfiguren, etwa bei der Herleitung der Verhaltensstörungen Nathanaels aus prägenden Kindheitserlebnissen.

»Durch die Begegnung mit Coppola, der mit optischen Geräten handelt und beinahe denselben Namen wie der alte Advokat trägt, werden die verdrängten Kindheitserlebnisse wieder gegenwärtig und bestimmen seine weiteren Erfahrungen, insbesondere seine Kontakte zu Frauen. Da ihm der körperlich-sinnliche Austausch mit der Welt mittels Zwangsmaßnahmen, die von der verordneten Bettruhe bis zum angedrohten Augenraub reichen, verwehrt wurde, sucht er, unfähig zu echter Kommunikation, in jeder möglichen Liebespartnerin vornehmlich eine Projektionsfläche für sein Ich. Und dafür ist die stumme Olimpia besser geeignet als die kritische Clara. Die Zertrümmerung der Holzpuppe, in deren Liebe er sein Selbst wiederfindet, zieht dann aufgrund dieser narzisstischen Selbstidentifikation seine eigene Vernichtung nach sich, die im Ausbruch des Wahnsinns offenkundig wird. Dem fällt er nach zwischenzeitlicher Besserung seines Gesundheitszustandes erneut anheim, wenn er auf dem Turm seine Braut durch das Perspektiv so wahrnimmt wie einst Olimpia in Spalanzanis Haus. Sein letzter Ausruf, mit dem er sich in die Tiefe stürzt: ›Ha! Sköne Oke‹ – mit diesem Ausdruck bot der ›piemontesische Mechanikus‹ seine Brillen feil –, lässt noch einmal den Sinnzusammenhang erkennen, wie er sich Nathanael aufdrängt: Wie in der Kindheit den häuslichen Frieden zerstört Coppelius (Coppola) seine Liebe zu Olimpia (Clara) – und damit ihn selbst. Letzteres ist ihm aber nicht bewusst; er ahnte es höchstens zu Anfang seiner Erinnerung, als er das über ihn schwebende ›dunkle Verhängnis‹ als todbringend bezeichnete und den Schrecken über eine fremde Person auf ›ganz eigne [!], tief in mein Leben eingreifende Beziehungen‹ (3) zurückführte. [...]

Nathanaels erster Brief erhält dadurch den Charakter einer Anamnese, wie die Medizin die Vorgeschichte einer Krankheit nach Angaben des Kranken bezeichnet, und verrät im erregten Rückblick des Verfassers die für ihn wesentlichen Eindrücke. Dazu gehört das Sehverbot, das ihm die Eltern mit Rücksicht auf Coppelius auferlegten. Er bemüht sich, es durch die innere Schau, die Fantasie, zu unterlaufen, indem er als Junge den Sandmann zeichnerisch, als Student in mystischen Gedichten zu erfassen sucht. Die direkte Durchbrechung des Verbots misslingt; als heimlicher Beobachter der Laborversuche wird er entdeckt und bestraft (symbolisch durch den angedrohten Verlust der Augen). Auf sich selbst ›geblendet‹, gerät er in narzisstische Isolation. Mehr und mehr vollzieht sich sein Austausch mit der Welt zwanghaft-mittelbar: Coppolas Perspektiv holt ihm sein Wunschobjekt heran – unter Wahrung der körperlichen Distanz. Partnerschaft läuft am Ende für ihn auf bloße Selbstbespiegelung hinaus, wobei sich die aus dem Verbot resultierende Abwesenheit des Sinnlich-Körperhaften mit dem Rückzug auf das Selbst in der Imagination verbindet.«

Rudolf Drux: Nachwort. In: E. T. A. Hoffmann: Der Sandmann. Hrsg. von R. D. Durchges. und bibliogr. erg. Ausg. Stuttgart: Reclam, 2003. [[1]1991.] (Reclams Universal-Bibliothek. 230.) S. 63 f., 72 f.

4.5 Wahnsinn als Gegenstand der Literatur

4.5.1 Heinrich von Kleist, *Penthesilea*: Dreiundzwanzigster Auftritt (1808)

Die kriegerische Amazonenkönigin Penthesilea ist leidenschaftlich verliebt in den griechischen Königssohn Achill, fühlt sich aber wegen eines Missverständnisses zutiefst von ihm verletzt. Als Achill ihr in der vorliegenden Szene unbewaffnet gegenübertritt, um Penthesilea seine Liebe zu beweisen, sieht die verblendete Amazone den Moment der Rache gekommen. Ihre Freundin Meroe berichtet von der Begegnung …

»MEROE. […]
Inzwischen schritt die Königin heran,
Die Doggen[20] hinter ihr, Gebirg und Wald
Hochher, gleich einem Jäger, überschauend;
Und da er eben, die Gezweige öffnend,
Zu ihren Füßen niedersinken will:
Ha! sein Geweih verrät den Hirsch, ruft sie,
Und spannt mit Kraft der Rasenden, sogleich

20 Für den Kriegseinsatz in der Antike gezüchtete Hunderasse; Vorläufer heutiger Doggen

Den Bogen an, dass sich die Enden küssen,
Und hebt den Bogen auf und zielt und schießt,
Und jagt den Pfeil ihm durch den Hals; er stürzt:
Ein Siegsgeschrei schallt roh im Volk empor.
Jetzt gleichwohl lebt der Ärmste noch der Menschen,
Den Pfeil, den weit vorragenden, im Nacken,
Hebt er sich röchelnd auf, und überschlägt sich,
Und hebt sich wiederum und will entfliehn;
Doch, hetz! schon ruft sie: Tigris! hetz, Leäne!
Hetz, Sphinx! Melampus! Dirke! Hetz, Hyrkaon!
Und stürzt – stürzt mit der ganzen Meut, o Diana!
Sich über ihn, und reißt – reißt ihn beim Helmbusch,
Gleich einer Hündin, Hunden beigesellt,
Der greift die Brust ihm, dieser greift den Nacken,
Dass von dem Fall der Boden bebt, ihn nieder!
Er, in dem Purpur seines Bluts sich wälzend,
Rührt ihre sanfte Wange an, und ruft:
Penthesilea! meine Braut! was tust du?
Ist dies das Rosenfest, das du versprachst?
Doch sie – die Löwin hätte ihn gehört,
Die hungrige, die wild nach Raub umher,
Auf öden Schneegefilden heulend treibt;
Sie schlägt, die Rüstung ihm vom Leibe reißend,
Den Zahn schlägt sie in seine weiße Brust,
Sie und die Hunde, die wetteifernden,
Oxus und Sphinx den Zahn in seine rechte,
In seine linke sie; als ich erschien,
Troff Blut von Mund und Händen ihr herab.«

Heinrich von Kleist: Penthesilea. Ein Trauerspiel. Durchges. Aufl. Stuttgart: Reclam, 2001 [u.ö.]. (Reclams Universal-Bibliothek. 1305.) S. 102.

4.5.2 Georg Büchner, *Lenz* (1839)

In der Erzählung *Lenz* berichtet Georg Büchner von dem Schriftsteller Jacob Michael Reinhold Lenz (1751–92), der sich wegen seiner psychischen Erkrankung, vermutlich einer beginnenden paranoiden Schizophrenie, für kurze Zeit in die Pflege des Pfarrers Johann Friedrich Oberlin in der Nähe von Straßburg begeben muss.

»Es war gegen Abend ruhiger geworden; Gewölk lag fest und unbeweglich am Himmel, so weit der Blick reichte, nichts als Gipfel, von denen sich breite Flächen hinabzogen, und alles so still, grau, dämmernd; es wurde ihm entsetzlich einsam, er war ganz allein, ganz allein, er wollte mit sich sprechen, aber er konnte, er wagte kaum zu atmen, das Biegen seines Fußes tönte wie Donner unter ihm, er mußte sich niedersetzen; es faßte ihn eine namenlose Angst in diesem Nichts, er war im Leeren, er riß sich auf und flog den Abhang hinunter. Es war finster geworden, Himmel und Erde verschmolzen in eins. Es war als ginge ihm was nach, und als müsse ihn was Entsetzliches erreichen, etwas das Menschen nicht ertragen können, als jage der Wahnsinn auf Rossen hinter ihm. Endlich hörte er Stimmen, er sah Lichter, es wurde ihm leichter, man sagte ihm, er hätte noch eine halbe Stunde nach Waldbach. [...] Endlich war es Zeit zum Gehen, man führte ihn über die Straße, das Pfarrhaus war zu eng, man gab ihm ein Zimmer im Schulhause. Er ging hinauf, es war kalt oben, eine weite Stube, leer, ein hohes Bett im Hintergrund, er stellte das Licht auf den Tisch, und ging auf und ab, er besann sich wieder auf den Tag, wie er hergekommen, wo er war, das Zimmer im Pfarrhause mit seinen Lichtern und lieben Gesichtern, es war ihm wie ein Schatten, ein Traum, und es wurde ihm leer, wieder wie auf dem Berg, aber er konnte es mit nichts mehr ausfüllen, das Licht war erloschen, die Finsternis verschlang alles; eine unnennbare Angst erfaßte ihn, er sprang auf, er lief durchs Zimmer, die Treppe hinunter, vors Haus; aber umsonst, alles finster, nichts, er war sich selbst ein Traum, einzelne Gedanken huschten auf, er hielt sie fest, es war ihm als müsse er immer »Vater unser« sagen; er konnte sich nicht mehr finden, ein dunkler Instinkt trieb ihn, sich zu retten, er stieß an die Steine, er riß sich mit den Nägeln, der Schmerz fing an, ihm das Bewußtsein wiederzugeben, er stürzte sich in den Brunnstein, aber das Wasser war nicht tief, er patschte darin. Da kamen Leute, man hatte es gehört, man rief ihm zu. Oberlin kam gelaufen; Lenz war wieder zu sich gekommen, [...].

[...] Aber nur solange das Licht im Tale lag, war es ihm erträglich; gegen Abend befiel ihn eine sonderbare Angst, er hätte der Sonne nachlaufen mögen; wie die Gegenstände nach und nach schattiger wurden, kam ihm alles so traumartig, so zuwider vor, es kam ihm die Angst an wie Kindern, die im Dunkeln schlafen; es war ihm als sei er blind; jetzt wuchs sie, der Alp des Wahnsinns setzte sich zu seinen Füßen, der rettungslose Gedanke, als sei alles nur sein

Traum, öffnete sich vor ihm, er klammerte sich an alle Gegenstände, Gestalten zogen rasch an ihm vorbei, er drängte sich an sie, es waren Schatten, das Leben wich aus ihm und seine Glieder waren ganz starr.«

Georg Büchner: Lenz. Studienausgabe. Hrsg. von Hubert Gersch. Durchges. und erw. Ausg. Stuttgart: Reclam, 1998 [u.ö.]. (Reclams Universal-Bibliothek. 8210.) S. 6–9.

4.5.3 Rainer Maria Rilke, *Die Irren* (1908)

Die Irren

Und sie schweigen, weil die Scheidewände
weggenommen sind aus ihrem Sinn,
und die Stunden, da man sie verstände,
heben an und gehen hin.

Nächtens oft, wenn sie ans Fenster treten:
plötzlich ist es alles gut.
Ihre Hände liegen im Konkreten,
und das Herz ist hoch und könnte beten,
und die Augen schauen ausgeruht

auf den unverhofften, oftentstellten
Garten im beruhigten Geviert,
der im Widerschein der fremden Welten
weiterwächst und niemals sich verliert.

Rainer Maria Rilke: Gedichte. Ausw. und Nachw. von Dietrich Bode. Stuttgart: Reclam, 1997. (Reclams Universal-Bibliothek. 9623.) S. 143f.

5. Aspekte der bürgerlichen Gesellschaft im frühen 19. Jahrhundert

5.1 Thomas Nipperdey: »… der Prozeß der Feminisierung der Frau« (1983)

Der wirtschaftliche Strukturwandel im frühen 19. Jahrhundert führte nach Thomas Nipperdey zur Ausbildung einer bürgerlichen »Kernfamilie« mit einer neuen Rollenverteilung der Eheleute.

»Mit der Auflösung der Haus- und Arbeitsverfassung wird der Mann zum Ernährer und Geldverdiener, die Frau konzentriert sich auf die ›Familie‹. In der Phase der Hochindustrialisierung entwickelt sich daraus die Entgegensetzung von Lebenskampf und ›trautem Heim‹; die Rolle der Frau wird es, diese Kompensation gegenüber der Welt des Lebenskampfes zu leisten. So entsteht oder befestigt sich nach dem Umbruch um 1800 nach 1815 ein neuer Patriarchalismus[21].

Pendant dieses neuen Patriarchalismus ist dann der Prozeß der ›Feminisierung der Frau‹, der für das 19. Jahrhundert typisch ist. In der gebildeten Oberschicht, in der die Frauen und die jungen Mädchen noch mehr durch Personal von Hausarbeit und der vollen Last der Kinderaufzucht entlastet sind, entsteht eine weibliche Freizeitkultur: Musik, Französisch, Theater, Literatur – das sind etwa Hauptgegenstände; Kultur und Wissenschaft werden – da der ›Blaustrumpf‹[22] ein Schreckbild bleibt – in besonderer Weise für die Frauen bearbeitet und popularisiert. Zumal nach 1815 blühen die mittleren und höheren Töchterschulen auf, Folge des neuen Bildungsstrebens wie der Idee einer spezifisch weiblichen Bildung. Die Elemente dieser neuen Kultur werden zu Statussymbolen und -ornamenten, die klavierspielende ›höhere Tochter‹ eines ihrer bekanntesten Produkte. Dazu gehört dann eine eigentümliche Verschärfung aller Regeln für das Schickliche[23], für Arbeit und Aktivität, das Verbot, allein zu reisen, etwas selbst zu tragen, gelegentlich: schnell zu laufen, zu arbeiten, es sei denn an den obligaten[24] ›Handarbeiten‹ ohne eigentlichen Zweck; dazu gehört ferner das Überfei-

21 Vormachtstellung des Vaters (lat. *pater*)
22 gebildete, aber unweiblich wirkende Frau
23 das, was gesellschaftlich angemessen ist
24 geforderten

nerte: die Frauen sind zart, schwach, delikat[25], nervös, leicht kränklich, leiden zumal an Kopfschmerzen – und weil sie so angesehen werden, werden manche oder viele auch wirklich so. [...]

Gefährtenehe und Zuwendung zu den Kindern, Privatisierung nach außen und Verstärkung der familialen Intensität spiegeln sich in der Familienkultur des Biedermeier[26]: der neuen verstärkten Gemeinsamkeit der Familie – um die Mitte des runden Tisches herum –, dem gemeinsamen Musizieren, Wandern, Spielen, dem Mitleben und -fühlen auch des Vaters (leger[27] im Haus- oder Schlafrock) mit den Kindern; und in diese Familienkultur ist auch die Geselligkeit – vom Tee bis zum Hausball – als Geselligkeit zwischen Familien einbezogen. Die heiter-besinnliche Familie und das häusliche Glück sind das Ideal.«

Thomas Nipperdey: Deutsche Geschichte 1800 bis 1866. Bürgerwelt und starker Staat. München: Beck, [5]1991. S. 119–122. – © 1983 Verlag C. H. Beck oHG, München.

5.2 Adolph Freiherr von Knigge: »Der Anstand und die Gebärdensprache sollen edel sein« (1788)

Das berühmte zweibändige Werk *Über den Umgang mit Menschen* (1788) des Adolph Freiherr von Knigge (1752–96) war ursprünglich gedacht als eine Aufklärungsschrift für männliche Leser über angemessene Umgangsformen in vielen, gesellschaftlich gesehen höheren Lebensbereichen. Erst später wurde das Werk allgemein der »Knigge«.

»Ein großes Talent und das durch Studium und Achtsamkeit erlangt werden kann, ist die Kunst, sich bestimmt, fein, richtig, körnicht, nicht weitschweifig auszudrücken, lebhaft im Vortrage zu sein, sich dabei nach den Fähigkeiten der Menschen zu richten, mit denen man redet, sie nicht zu ermüden, gut und launicht zu erzählen, nicht über seine eignen Einfälle zu lachen, nach den Umständen trocken oder lustig, ernsthaft oder komisch seinen Gegenstand dar-

25 fein, empfindsam
26 Zeit zwischen der Restauration nach den Napoleonischen Kriegen und der Revolution 1848
27 gemütlich, lässig

zustellen und mit natürlichen Farben zu malen. Dabei soll man sein Äußeres studieren, sein Gesicht in seiner Gewalt haben, nicht grimassieren, und wenn wir wissen, daß gewisse Mienen, zum Beispiel beim Lachen, unsrer Bildung ein widerwärtiges Ansehn geben, diese zu vermeiden suchen. Der Anstand und die Gebärdensprache sollen edel sein; man soll nicht bei unbedeutenden, affektlosen Unterredungen, wie Personen aus der niedrigsten Volksklasse, mit Kopf, Armen und andern Gliedern herumfahren und um sich schlagen; man soll den Leuten gerade, aber bescheiden und sanft ins Gesicht sehn, sie nicht bei Ärmeln, Knöpfen und dergleichen zupfen. Kurz! alles was eine feine Erziehung, was Aufmerksamkeit auf sich selbst und auf andre verrät, das gehört notwendig dazu, den Umgang angenehm zu machen, und es ist wichtig, sich in solchen Dingen nicht nachzusehn, sondern jede kleine Regel des Wohlstandes, selbst in dem Zirkel seiner Familie, zu beobachten, um sich das zur andern Natur zu machen, wogegen wir so oft fehlen[28] und was uns Zwang scheint, wenn wir uns Nachlässigkeiten in der Art zu verzeihn gewöhnt sind. Hierüber in diesen Blättern viel mehr zu sagen, zu lehren: daß man den Leuten nicht in die Rede fallen dürfe; daß wir einen Teller, oder was uns dargereicht wird, auch dann abnehmen müssen, wenn wir nichts davon behalten wollen, damit der andre nicht die Mühe habe, es unsertwegen in der Hand zu tragen; daß man so wenig wie möglich in einer Gesellschaft den Leuten den Rücken zukehren, in Titeln und Namen nicht irre werden solle; daß man bei Personen, die das genau nehmen, den Vornehmern immer auf der rechten Seite, oder wenn drei beisammen sind, in der Mitte gehn lasse; daß man, wenn jemand, dem wir Auszeichnung schuldig sind, vor unserm Hause vorübergeht, wo wir am Fenster stehen und er uns grüßt, man das Fenster auf einen Augenblick öffnen, oder wenigstens tun müsse, als wolle man es öffnen; daß eben dies in der Kutsche beim Vorüberfahren zu beobachten sei; daß man dem, mit welchem man spricht, frei und offen, doch nicht starr und frech in das Gesicht schauen, seine Stimme in seiner Gewalt haben, nicht schreien und doch verständlich reden, in seinem Gange Anstand beobachten, nicht allerorten das große Wort führen solle; daß man, wenn man ein Frauenzimmer führt, um sie nicht zu stoßen, mit ihr gleichen Schritt halten und mit demselben Fuße, wie sie, antreten, ihr auch zuweilen seine linke Hand reichen müsse, wenn

28 verstoßen

sie an der rechten Seite nicht so bequem gehn würde; daß man auf *steilen* Treppen im Hinuntersteigen die Frauenzimmer vorausgehn, im Hinaufsteigen aber sie folgen lassen müsse; [...].«

Adolph Freiherr von Knigge: Über den Umgang mit Menschen. Hrsg. von Karl-Heinz Göttert. Stuttgart: Reclam, 1991 [u.ö.]. (Reclams Universal-Bibliothek. 1138.) S. 60–62.

5.3 Thomas Koebner: »Die Idylle der Wohlanständigkeit und der gesicherten Verhältnisse trügt« (1988)

Neben anderen Ursachen für den Wahnsinn Nathanaels verweist Thomas Koebner auf psychische Folgen einer Überdisziplinierung und Selbstbeschränkung, die dem Einzelnen durch die bürgerliche Lebensführung des frühen 19. Jahrhunderts abverlangt wurde.

»Hinter der wohlanständigen Fassade des Bürgerhauses, in dem Nathanaels Familie wohnt, rumort es verdächtig. Im Arbeitszimmer gibt es ein verstecktes alchemistisches Kabinett. Unter der Oberfläche willfähriger Friedfertigkeit bei der Person des Vaters enthüllen sich dem Sohn ganz unbegreifliche Begierden, die den Vater sogar einen Bund mit dem Feind der Familie eingehen lassen. Im ersten Stock des ehrbaren Hauses, wo sonst nur Ruhe und Gleichmaß herrschen, gibt es schließlich eine Explosion. Der Student Nathanael, der sonst seiner schon früh angelobten Clara anmutige Gedichtlein zum geselligen Zeitvertreib vorträgt, während sie strickt und stickt und aus dem Fenster guckt, wird plötzlich von dunklen Ahnungen und gräßlichen Träumen überwältigt. Der brave Mann, dessen Lebensweg an der Seite Claras schon so deutlich vorgezeichnet scheint, entwischt dem bürgerlichen Programm in eine leidenschaftliche und falsche Liebe zu einer Puppe und verfällt schließlich dem Wahnsinn. Als die Familienharmonie wiederhergestellt und der verlorene Sohn eingefangen scheint, kommt es zu einem zweiten, noch bösartigeren Ausbruch: Nathanael wird beinahe zum wahnsinnigen Mörder von Clara. Die Idylle der Wohlanständigkeit und der gesicherten Verhältnisse trügt. Im Bürger tun sich Abgründe auf – und man kann argwöhnen, daß diese Abgründe spezifisch mit der bürgerlichen Lebensführung zu tun haben. Ob nicht das extreme Sichruhigstellen und die Selbstentäußerung an die Gebote und Regeln der Außenwelt, das Verdrängen der Triebregungen, um unauffällig und klein zu bleiben, zu einer künstlichen Identität führen, die manchem wie Nathanael schon den Blick dafür verwirren kann, was Natur und was Maschine ist? Auch mag es nicht verwundern, daß diese Domestizierung des eigenen Lebens bei einigen umschlägt in verzweifelte Ohnmachtsgefühle und eine allseitig reduzierte Persönlichkeit hervorbringt, derer man am Ende durch Selbstvernichtung ledig wird. Unter diesem Aspekt gesehen, zeigt die Erzählung *Der Sandmann*, wie die Selbstbeschränkung eines Menschen auf seine Familienrolle, seine Familienperson, wie die Überanpassung an die bürgerlichen Vorschriften der Selbstentwertung, der Ein- und Unterordnung zerstörerische und selbstzerstörerische Konsequenzen bergen.«

Thomas Koebner: E.T.A. Hoffmann: Der Sandmann. In: Interpretationen. Erzählungen und Novellen des 19. Jahrhunderts. Bd. 1. Stuttgart: Reclam, 1988. (Reclams Universal-Bibliothek. 8413.) S. 277–279.

5.4 Günter Saße: »Wahrnehmungstabus und Kommunikationsblockaden« (2004)

Auch Günter Saße verweist auf die schwerwiegenden seelischen Folgen bei Nathanael, die hinter der Fassade des bürgerlichen Anstands durch die innerfamiliäre Tabuisierung und Verdrängung seiner bedrückenden Kindheitserlebnisse ausgelöst wurden.

»Reale Erfahrungen in seiner Familie, märchengezeugte Vorstellungen und kindliche Ängste verbinden sich zu einer Gemengelage, die ihn die Bedrohung seiner psychophysischen Unversehrtheit als Willkürakt erfahren lässt. Dies prägt ihn so stark, dass sich die Erfahrung der Hilflosigkeit bei ihm späterhin zum Glauben verdichtet, dass ›jeder Mensch, sich frei wähnend, nur dunklen Mächten zum grausamen Spiel diene‹ (21).

In welch hohem Maße die von Wahrnehmungstabus und Kommunikationsblockaden erzeugte Überblendung der Realität durch Angstphantasien Nathanaels Erinnerung an die Alchimistenszene bestimmt, verdeutlicht seine erste Frage, nachdem er ›wie aus dem Todesschlaf‹ erwacht ist: ›Ist der Sandmann noch da?‹ (10) Die Mutter verneint und beruhigt ihn, dieser könne ihm keinen Schaden mehr zufügen – eine Antwort, die schon deshalb nicht überzeugen kann, weil sie die Existenz des Sandmanns, die sie zuvor geleugnet hatte, zunächst sogar bestätigt, um dann sein Verschwinden zu beteuern. […]

[…] In der Nacht kommt es zu einer Explosion, der Vater wird getötet, und Nathanael fällt mit den Worten ›Coppelius, verruchter Satan, du hast den Vater erschlagen!‹ (11) ein weiteres Mal in Ohnmacht. Als er aus ihr erwacht, legt sich erneut ein Schleier aus Verharmlosung und Schweigen über das Geschehen. Schon optisch wird das schreckliche Ereignis kaschiert. […]

Nie wieder redet die Familie über diese Katastrophe, obwohl sie in der Seele Nathanaels so tiefe Spuren hinterlassen hat, dass ihm ›nun alles farblos erscheint‹ (10). Selbst Clara, die zusammen mit Nathanael aufgewachsen ist und als seine Verlobte doch auch seine Vertraute sein sollte, erfährt erst durch den versehentlich falsch adressierten Brief, wie sein ›guter alter Vater solch entsetzlichen, gewaltsamen Todes starb‹ (13). Bis zum Auftauchen des Wetterglashändlers bleibt das Familiengeheimnis gewahrt, ja verdrängt – und das hat psychische Folgen: Nathanael glaubt seitdem, ›dass ein dunkles Verhängnis wirklich einen trüben Wolkenschleier über mein Leben gehängt hat‹ (10) – ein Indiz dafür, dass er die Erlebnisse seiner Kinderzeit nicht ›verarbeitet‹, sondern nur, dem Familienhabitus gemäß, exkommuniziert hat. Dies hat zur Konsequenz, dass sich in ihm zur depressiven Grundstimmung umformte, was nicht artikuliert wurde. So bedarf es lediglich eines minimalen Anstoßes; durch das Auftauchen eines Wetterglashändlers werden die in die Latenz abgesunkenen Traumatisierungen aktualisiert.

[…] Hoffmanns Erzählung erschöpft sich allerdings nicht darin, diese erst später beschriebene psychopathologische Symptomatik dichterisch zu gestalten. Sie entfaltet darüber hinaus den katastrophalen Verlauf einer seelischen Erkrankung, bei der sich die Welt subjektiver Phantasie aufgrund fehlender Verständigung nicht mit der Welt objektiver Wahrnehmung zu vermitteln vermag. Nathanaels Brief an Lothar ist sein später Versuch, die kommunikative Blockade seiner Kindheit im Nachhinein zu durchbrechen. Zum ersten Mal berichtet er einem anderen von seinen traumatischen Erlebnissen. Doch schon im zweiten Brief an Lothar lässt diese Mitteilungsbereitschaft wieder spürbar nach, fühlt er sich von Clara und Lothar missverstanden, ausgegrenzt und zum ›Fall‹ degradiert, über den man ›so gar verständig, so magistermäßig distinguieren könne‹ (16). […]

[…] Anders als Clara tritt ihm Olimpia nicht mit eigener Meinung gegenüber, sie korrigiert ihn nicht, sondern nimmt ihn so sehr an, dass ihm scheint, ›als habe die Stimme aus seinem Innern selbst herausgetönt‹ (36). In Olimpia glaubt er die Akzeptanz zu finden, die ihm seine Familie und seine Verlobte versagt haben. Stundenlang kann sie ihm mit nie erlahmender Aufmerksamkeit zuhören, ohne je nachzufragen oder womöglich Kritik zu üben.«

Günter Saße: Der Sandmann. Kommunikative Isolation und narzisstische Selbstverfallenheit. In: Interpretationen. E. T. A. Hoffmann. Romane und Erzählungen. Stuttgart: Reclam, 2004. (Reclams Universal-Bibliothek. 17526.) S. 100–107.

6.1 E.T.A. Hoffmann: »Das serapiontische Prinzip« (1818)

In der Erzählsammlung *Die Serapions-Brüder* (1818–21) entwickelt E.T.A. Hoffmann anhand zahlreicher Erzählungen, die in einem kleinen literarischen Zirkel vorgelesen und kommentiert werden, Kriterien zum romantischen Erzählen. Auslöser für diese als »serapiontisches Prinzip« bezeichneten Kriterien ist die Begegnung mit einem geistesgestörten Einsiedler, der sich für Serapion, einen christlichen Märtyrer und Heiligen aus dem zweiten nachchristlichen Jahrhundert, hält (vgl. dazu auch 4.3). Aus der Leidenschaft und Farbigkeit, mit welcher der Verrückte von seinen inneren Bildern und Visionen erzählt (»wie sie nur der geistreichste, mit der feurigsten Fantasie begabte Dichter anlegen, durchführen kann«), leitet die literarische Runde entsprechende Forderungen an den romantischen Dichter ab.

»Woher kommt es denn, daß so manches Dichterwerk das keinesweges schlecht zu nennen, wenn von Form und Ausarbeitung die Rede, doch so ganz wirkungslos bleibt wie ein verbleichtes Bild, daß wir nicht davon hingerissen werden, daß die Pracht der Worte nur dazu dient, den inneren Frost, der uns durchgleitet, zu vermehren. Woher kommt es anders, als daß der Dichter nicht das wirklich schaute, wovon er spricht, daß die Tat, die Begebenheit, vor seinen geistigen Augen sich darstellend mit aller Lust, mit allem Entsetzen, mit allem Jubel, mit allen Schauern, ihn nicht begeisterte, entzündete, so daß nur die inneren Flammen ausströmen durften[29] in feurigen Worten: Vergebens ist das Mühen des Dichters, uns dahin zu bringen, daß wir daran glauben sollen, woran er selbst nicht glaubt, nicht glauben kann, weil er es nicht erschaute. Was können die Gestalten eines solchen Dichters der jenem alten Wort[30] zufolge nicht auch wahrhafter Seher ist, anderes sein als trügerische Puppen, mühsam zusammengeleimt aus fremdartigen Stoffen! –

[...] Jeder prüfe wohl, ob er auch wirklich das geschaut, was er zu

29 ihn nicht begeisterte, [...] ausströmen durften: ihn so begeisterte, entzündete, dass [...] auszuströmen brauchten

30 Das lateinische Wort *vates* bezeichnet Wahrsager, Seher, Sänger und Dichter gleichermaßen.

verkünden unternommen, ehe er es wagt, laut damit zu werden. Wenigstens strebe jeder recht ernstlich darnach, das Bild, das ihm im Innern aufgegangen, recht zu erfassen mit allen seinen Gestalten, Farben, Lichtern und Schatten, und dann, wenn er sich recht entzündet davon fühlt, die Darstellung ins äußere Leben zu tragen.«

Zu den ästhetischen Prinzipien von Hoffmanns literarischer Runde, den Serapions-Brüdern, gehören auch die Klärung des Verhältnisses von Phantasie und Wirklichkeit und eine Abgrenzung zum Wahnsinn:

»Dein Einsiedler […] war ein wahrhafter Dichter, er hatte das wirklich geschaut was er verkündete, und deshalb ergriff seine Rede Herz und Gemüt. – Armer Serapion, worin bestand dein Wahnsinn anders, als daß irgendein feindlicher Stern dir die Erkenntnis der Duplizität geraubt hatte, von der eigentlich allein unser irdisches Sein bedingt ist. Es gibt eine innere Welt und die geistige Kraft, sie in voller Klarheit, in dem vollendetsten Glanze des regesten Lebens zu schauen, aber es ist unser irdisches Erbteil, daß eben die Außenwelt in der wir eingeschachtet, als der Hebel wirkt, der jene Kraft in Bewegung setzt. Die innern Erscheinungen gehen auf in dem Kreise, den die äußeren um uns bilden und den der Geist nur zu überfliegen vermag in dunklen geheimnisvollen Ahnungen, die sich nie zum deutlichen Bilde gestalten. Aber du, o mein Einsiedler, statuiertest keine Außenwelt, du sahst den versteckten Hebel nicht, die auf dein Inneres einwirkende Kraft; […]. Dein Leben, lieber Anachoret[31], war ein steter Traum, […].«

E. T. A. Hoffmann: Poetische Werke in sechs Bänden. [Hrsg. von Gerhard Seidel.] Berlin: Aufbau-Verlag, 1958. Bd. 3: Die Serapions-Brüder. S. 67–69.

6.2 Rudolf Drux: »Die Erzählung sperrt sich gegen die Abstraktion eines einsinnigen Wirklichkeitsbegriffs« (1991)

Das in die Moderne vorausweisende Spiel des Erzählers mit den Erzählperspektiven (vgl. hier Kap. 6.3, S. 85), sein Verzicht auf das Herstellen von Eindeutigkeit selbst in der Rolle eines neutralen oder auktorialen Erzählers oder das Verschwimmen der Grenzen

31 (griech.) Mensch, der sich aus der Gemeinschaft zurückzieht; Einsiedler

von objektiver und subjektiver Wahrnehmung auch innerhalb eines Satzes sind Erzähltechniken, mit denen Hoffmann das Nebeneinander unterschiedlicher Welten und Weltsichten konstruiert.

»Auch der fiktive Erzähler, der sich als Freund der Familie ausweist, macht ihm kein klares Rezeptionsangebot: Bisweilen gebärdet er sich recht auktorial[32], indem er Hintergrundwissen liefert (›Das Glück war unterdessen in das Haus eingekehrt‹; 40) oder Urteile fällt (›Nathanaels Dichtungen waren in der Tat sehr langweilig‹; 23); mitunter begibt er sich auch auf die Ebene der erzählten Personen, z.B. bei der Schilderung Claras oder der Wiedergabe des Kampfes um Olimpia. In dieser Szene versetzt er sich völlig in den bestürzt herbeieilenden Nathanael und vergegenwärtigt sie mit einer Steigerung des Tempos durch Verbellipsen, in Satzbrüchen, Redefetzen, Ausrufen und Wiederholungen. Ganz anders nimmt sich die Diktion[33] aus, wenn der Erzähler nach den Briefen das Wort ergreift und mit der suggestiven[34] Anrede an den ›günstigen Leser‹ über die Erzählsituation nachsinnt. Das Eingeständnis seiner Betroffenheit über Nathanaels Schicksal, das sich ihm zu einem ›Brust, Sinn und Gedanken‹ beherrschenden ›innere(n) Gebilde‹ entwickelt habe, führt über die Reflexion traditioneller Erzählanfänge, die als unpassend verworfen werden (was den Briefeinsatz nachträglich rechtfertigt), zu der grundlegenden poetologischen Aussage, dass ›das wirkliche Leben‹ im dichterischen Werk nur vermittelt, unscharf und verzerrt widerzuspiegeln sei (19). Im *Sandmann* wird diese Ansicht in die poetische Praxis umgesetzt: Die Erzählung sperrt sich gegen die Abstraktion eines einsinnigen Wirklichkeitsbegriffs, da für sie phantastische Phänomene ebenso wie alltägliche Gegenstände konstitutiv[35] sind. Wie wichtig es Hoffmann war, die divergierenden[36] Welten und Weltsichten nebeneinander bestehen zu lassen, zeigen die Änderungen, die er für die Druckfassung vornahm.[37] Aus der ersten Niederschrift strich er die tödlich endende Begegnung der kleinen Schwester mit Coppelius, außerdem schrieb er den Bericht von Nathanaels Selbstmord um, der dort noch durch

32 allwissend
33 die Anlage der Rede
34 besonders eindrücklichen
35 Grundlage
36 sich unterscheidenden
37 vgl. Anm. zu 10,29 f. und zu 41,4

Abb. 6: Bleistiftzeichnung Hoffmanns zum *Sandmann*, 1815/16

einen verbalen Eingriff des Coppelius veranlasst war. Dessen ursprüngliche Dämonisierung zeichnete ihn einseitig im Sinne Nathanaels als Verkörperung der allzeit präsenten Macht der Finsternis. Durch die Überarbeitung erhält nun auch die psychologisch-rationale Deutung à la Clara ihre Berechtigung, und Hoffmann kommt seiner ästhetischen Überzeugung nach, dass im Kunstwerk einerseits ›Gestalten des gewöhnlichen Lebens‹ im subjektiven Erleben ›fremdartig‹ und geheimnisvoll erscheinen, anderseits ›das dem Fantastischen hingegebene Gemüt‹ sogar durch ›das Gemeinste aus dem Alltagsleben‹ angeregt und bewegt wird. […] Die ›Duplizität‹ des menschlichen Daseins hat Hoffmann später in dem Zyklus *Die Serapions-Brüder* (1819–21) als wechselseitige Bedingtheit von innerer Schau (Fantasie) und äußeren Gegebenheiten (Realität) zum künstlerischen Prinzip erhoben.«[38]

Rudolf Drux: Nachwort. In: E. T. A. Hoffmann: Der Sandmann. Hrsg. von R. D. Durchges. und bibliogr. erg. Ausg. Stuttgart: Reclam, 2003. [[1]1991.] (Reclams Universal-Bibliothek. 230.) S. 66–68.

38 vgl. 6.1

6.3 Hartmut Steinecke: »Durch die wechselnde Perspektive bleiben viele Fragen offen« (1997)

Nach Steinicke trägt die durch die Multiperspektivität bewirkte Unsicherheit zum »Unheimlichen« der Erzählung bei.

»Die offene Erzählperspektive ist das erzähltechnische Korrelat zu einem Hauptthema des Werkes: der Perspektive des Sehens. Das ›Perspektiv‹ (der ältere Ausdruck für Fernrohr), das Nathanael Coppola abkauft, zeigt ihm ein Bild der Welt und der Wirklichkeit, das sich von dem aller anderen Menschen unterscheidet, also die normale Perspektive verkehrt. So sieht er in der hölzernen Puppe Olimpia die lebendige, liebevolle Frau; in seiner Verlobten Clara hingegen seine Feindin, so daß er sich im Wahnsinn auf sie stürzt. In vielfacher Gestalt, in zahlreichen Wiederholungen und Abwandlungen prägt der Motivkomplex des Sehens und der Augen das Werk, trägt zu seiner thematischen und strukturellen Einheit sowie zu seiner Dichte bei. In kaum einem zweiten Werk der deutschen Literatur zuvor ist eine so bewußte, virtuose und vieldimensionale Verwendung der Leitmotivtechnik anzutreffen.

Durch die wechselnde Perspektive bleiben viele Fragen offen, wird eine durchgehende Unsicherheit erzeugt. Sie trägt wesentlich zum Unheimlichen und ›Nächtlichen‹ der Erzählung bei.«

Hartmut Steinecke: E. T. A. Hoffmann. Stuttgart: Reclam, 1997. (Reclams Universal-Bibliothek. 17605.) S. 104f.

6.4 Thomas Koebner: »Hochmut eines Realitätsbegriffs, für den es nichts geben soll, was nicht für normal gilt« (1988)

»Aber das ästhetische Verfahren verbindet sich mit einer weiteren Absicht. Dem Leser soll es nicht leicht werden, über die seelische Destruktion[39], die Nathanael erleidet, sich zu erheben und sie in der Vergewisserung eigener Gesichertheit als ›Krankheitsfall‹ von sich fortzuschieben. Die Absicht des Autors ist vielleicht so zu umschreiben: Er zeigt, daß der Schrecken nur für Nathanael besteht; aber für den Betroffenen ist er von schmerzlicher Präsenz[40]. Die Er-

39 seelische Demontage, Abbau
40 Gegenwart

zählung mißt diese besondere Erlebniswelt aus und scheint dabei nichts mehr zu fürchten als kaltsinnige Herablassung und vorgefertigte Urteile. Sie weist daher die Relativität des jeweils für wahr Gehaltenen auf, die spezifische Prägung der verschiedenen Wirklichkeitsbilder – und widerspricht dem Hochmut eines Realitätsbegriffs, für den es nichts geben soll, was nicht für normal gilt. Hoffmann zwingt dem Leser eine ambivalente[41] Haltung dem gegenüber auf, der zweimal beinahe zum Mörder wird. […]

Da Hoffmann Phänomene gelten läßt, die sich nicht auf Anhieb in vertraute Erklärungsmuster einordnen wollen, bleiben ihm auch die Kategorien von Schuld und Strafe in dieser Erzählung unwesentlich.«

Thomas Koebner: E.T.A. Hoffmann: Der Sandmann. In: Interpretationen. Erzählungen und Novellen des 19. Jahrhunderts. Bd. 1.Suttgart: Reclam, 1988 [u.ö.]. (Reclams Universal-Bibliothek. 8413.) S. 296 f.

6.5 Gerhard Neumann: »… etwas ganz und gar Neues, bislang Unvorstellbares« (2001)

»Die Erzählung Hoffmanns ist schwer zugänglich, ja wohl auch im Wortverstande ›schwer genießbar‹; und sie bleibt es, wenn man sich nicht Rechenschaft darüber ablegt, daß in ihr von ihrem Verfasser etwas ganz und gar Neues, bislang Unvorstellbares ins Bewußtsein gehoben wird. Hoffmanns Novelle bezeugt eine bis ins Äußerste getriebene Anstrengung novellistischen[42] Sprechens, um dieses Undarstellbare, dieses durch die klassische Kultur und ihr Bildungswissen radikal Tabuisierte dennoch, und gegen allen durch die Sprache selbst gegebenen Widerstand, zur Sprache zu bringen. Hoffmanns Text ist kein literarischer Glücksfall, in dem mit traumwandlerischer Sicherheit ein neues Paradigma[43] poetischen Sprechens ›wie von selbst‹ ans Tageslicht tritt, sondern ein in die widerstrebende Sprachwelt der klassischen Formmuster rabiat einbrechendes Form- und Sprachloses, Dunkles und Chaotisches, das, gleichsam ›mit Schmutz und Schleim bedeckt‹, sich aus der Tiefe drängt. Hoffmanns spröder Text stürzt nicht – wie etwa Goe-

41 hier: uneindeutige
42 hier: in der Art bzw. mit den Gattungsmerkmalen der Novelle
43 Muster, Schema

thes *Werther*, der ja auf seine Art ein vergleichbares Element des Unerhörten mit sich führte – mit rauschendem Flügelschlag in die Höhengeschichte der Literatur, sondern kommt in sich gebrochen und sperrig daher: befremdlich, verstörend, in einer poetologisch bislang nicht legitimierten sprachlichen und gedanklichen Konstruktion.«

Gerhard Neumann: E. T. A. Hoffmann, *Der Sandmann*. In: Meisterwerke der Literatur. Von Homer bis Musil. Hrsg. von Reinhard Brandt. Leipzig: Reclam, 2001. S. 193. – Mit Genehmigung der Erben Gerhard Neumanns, Berlin.

7. Der Traum vom künstlichen Menschen

7.1 Rudolf Drux: *Frankenstein oder der Mythos vom künstlichen Menschen und seinem Schöpfer* (1999)

Der Mensch eine Maschine lautete der eingängige Titel eines umstrittenen Buchs des französischen Arztes und Philosophen Julien Offray de La Mettrie aus dem Jahre 1748, in dem er die logisch-rationale Philosophie René Descartes' radikalisierte und den Menschen mitsamt seiner Seele als eine Maschine betrachtete. – Nach Rudolf Drux (1999) ist der Traum, einen künstlichen Menschen zu schaffen, jedoch bedeutend älter und reicht bis in die griechische Mythologie zurück.

»Die ersten künstlich gefertigten Menschen, die in der griechischen Mythologie auftauchen, stammen aus der Hand des Zeussohns Hephaistos, des kunstfertigen Schmiedes unter den Olympiern, der die Göttinnen mit prächtigem Geschmeide und seinen Vater mit den Macht sichernden Blitzen versorgt. Bei den Römern hieß er Vulcanus, weil sie ihn am gewaltigen Feuer des Vesuvs wirken glaubten, und wie den (mythengeschichtlich älteren) Titanen Prometheus erwählten ihn die Handwerker im antiken Athen zu ihrem Schutzpatron. Offensichtlich hängt im mythischen Denken die Bildung von Menschen oder Wesen, die über spezifisch menschliche Fähigkeiten verfügen, von der gestalterischen Nutzung des Feuers ab, der Grundbedingung handwerklicher Produktion, und so gehören, wie Homer in der *Ilias* (XVIII, 373 ff.; 417 f.) erzählt, zu den Erzeugnissen des ›erfindungsreichen‹ Hephaistos mit Rädern versehene Dreifüße, die von selbst zum Dienst bei den Göttern anrollen, sowie reizende Jungfrauen aus Gold, die ›den hinkenden Feuerbeherrscher‹ stützen. Zu den mythologischen Menschenbildnern ist ferner der sagenhafte Baumeister Daidalos zu zählen, der nicht nur jenes Fluggerät konstruierte, mit dessen Hilfe er und sein Sohn Ikarus aus dem Reich des kretischen Königs Minos flohen, sondern auch bewegliche Statuen, die so lebensecht wirkten, daß, berichtet der sizilianische Geschichtsschreiber Diodor, ›das Bild für ein beseeltes Geschöpf‹ gehalten wurde. Diese Wunderwerke sind aber durchaus schon technisch nachzuvollziehen und werden im 3. Jahrhundert v. Chr. durch die Leistungen der alexandrinischen Mechanikerschule handfest bestätigt: Ihre auf pneumatischer und hydraulischer[44] Basis funktionierenden Automaten hat Heron von Alexandria im ersten nachchristlichen Jahrhundert weiterentwickelt. Er baute zu kultischen Zwecken Priesterfiguren, die Trankopfer bereiten, oder richtete die Statuette eines Herakles so ein, daß sie einen Pfeil auf einen goldene Äpfel bewachenden Drachen abschießen konnte, was dieser zischend und Wasser speiend erwiderte. Der Grad der Menschenähnlichkeit gilt von den ersten nachweisbaren Automaten an als ihr entscheidendes Qualitätsmerkmal, auch wenn der darauf abhebende Begriff ›Android‹ (nach griechisch: anér, andrós = Mann, Mensch) erst sehr viel später geprägt wurde, nämlich im Zeitalter des Absolutismus. Das hohe Niveau des Uhrmacherhandwerks im 17. und 18. Jahrhundert machte es zwar überhaupt erst möglich, die Androiden derart zu perfektionieren, daß sie Tätigkeiten, die normalerweise dem Menschen vorbehalten sind, schreiben zum Beispiel und musizieren, auszuüben vermochten. Ihre enorme Wertschätzung hing jedoch mit der umfassenden Bedeutung der Mechanik zusammen, die damals alle Felder theoretischen und praktischen Wissens durchdrang: Der Staat, die Natur und damit auch der Mensch, jedenfalls sein Körper, seien, so die Ansicht aufgeklärter Philosophen, mechanische Systeme, die ausschließlich den Gesetzen der Physik gehorchten. Da der französische Arzt und Anatom Julien Offray de La Mettrie davon ausging, daß der Mensch seinem Wesen nach eine Maschine sei, wie der Titel seiner 1748 erschienenen Abhandlung *L'homme machine* belegt, konnte er an Jacques de Vaucansons spektakulären Androiden Funktionen des Menschen erklären. Besonders dessen Flötenspieler, der Lippen und Finger naturgetreu zu bewegen und zwölf Stücke zu spielen vermochte […], hatte es La Mettrie angetan, zeige er doch, daß J. de Vaucanson, wenn ›er noch mehr Kunst anwenden‹ würde, sogar in der Lage sei, als sein Meisterstück ›einen ‚Sprecher' herzustellen‹, das heißt einen Androiden, der über die dem Menschen eigentümliche Sprachfähigkeit verfügt.«

Rudolf Drux: Frankenstein oder der Mythos vom künstlichen Menschen und seinem Schöpfer. In: Der Frankenstein-Komplex. Kulturgeschichtliche Aspekte des Traums vom künstlichen Menschen. Hrsg. von R. D. Frankfurt a. M.: Suhrkamp, 1999. S. 31 f. –

44 Pneumatik/Hydraulik: durch den Einsatz von Druckluft bzw. von unter Druck stehenden Flüssigkeiten erzeugter Antrieb

Abb. 7: Die mechanische Harmoniumspielerin von Pierre und Henri-Louis Jaquet-Droz, 1774

7.2 Künstliche Menschen als Gegenstand von Mythos und Literatur

7.2.1 Ovid: *Pygmalion* (um 1–8 n. Chr.)

»Weil Pygmalion sah, wie diese Frauen ihr Leben verbrecherisch zubrachten, blieb er einsam und ehelos, abgestoßen von den Fehlern, [245] mit denen die Natur das Frauenherz so freigebig beschenkt hat, und schon lange teilte kein Weib mehr sein Lager. Inzwischen bearbeitete er mit glücklicher Hand und wundersamer Geschicklichkeit schneeweißes Elfenbein, gab ihm eine Gestalt, wie keine Frau auf Erden sie haben kann, und verliebte sich in sein eigenes Geschöpf. [250] Es sieht aus wie ein wirkliches Mädchen! Du möchtest glauben, sie lebe, wolle sich bewegen – nur die Sittsamkeit halte sie zurück. So vollkommen verbirgt sich im Kunstwerk die Kunst! Pygmalion steht bewundernd davor, und gierig trinkt seine Brust das Feuer in sich hinein, das von dem Scheinbild ausgeht. Oft legt er prüfend die Hände an das Geschöpf, [255] ob es Fleisch und Blut sei oder Elfenbein, und will immer noch nicht wahrhaben, daß es nur Elfenbein ist. Küsse gibt er und glaubt sie erwidert; er redet mit dem Bild, er hält es im Arm. Rührt er es an, so ist ihm, als drückten sich seine Finger in den Körper ein; ja, er fürchtet, an den Gliedern, die er preßt, möchten blaue Male entstehen. Bald schmeichelt er, bald bringt er Gaben, wie sie ein Mädchenherz erfreuen: [260] Muscheln, geschliffene Steinchen, kleine Vögel, Blumen in tausenderlei Farben, Lilien, bunte Bälle und Bernstein, vom Baum getropfte Tränen der Sonnentöchter. Er schmückt ihr die Glieder mit Gewändern, die Finger mit Edelsteinen, den Hals mit langen Ketten. [265] Am Ohr hängt eine zierliche Perle, an der Brust ein Geschmeide. Alles steht ihr, aber auch nackt erscheint sie nicht weniger schön. Er legt sie auf Decken, die mit sidonischem Purpur gefärbt sind, nennt sie seine Gemahlin, die sein Lager teilt, und bettet den geneigten Nacken, als müsse es dieser spüren, auf weichen Flaum.

[270] Der Feiertag der Venus, den ganz Cypern festlich begeht, war gekommen. […] Da trat Pygmalion, nachdem er der heiligen Pflicht genügt hatte, zum Altar und sprach zaghaft: ›Ihr Götter, könnt ihr alles gewähren, [275] so sei meine Gattin‹ – er wagte nicht zu sagen: ›das elfenbeinerne Mädchen‹; darum sprach er nur: dem Mädchen aus Elfenbein ähnlich!‹ Venus, die Goldene, erriet – war

sie doch selbst bei ihrem Fest zugegen –, was mit diesem Wunsch gemeint war. […]

[280] Als er nach Hause kam, zog es ihn zu seinem Mädchenbild. Er warf sich auf das Lager und küßte sie. Da war ihm, als sei sie warm. Wieder legt er Mund an Mund und tastet mit der Hand nach der Brust. Er tastet noch, da wird das Elfenbein weich, verliert seine Starrheit, weicht zurück und gibt den Fingern nach, so wie Wachs vom Hymettus [285] an der Sonne geschmeidig wird, sich unter dem Druck des Daumens zu tausenderlei Gestalten formen läßt und in der Hand des Bildners immer bildsamer wird. Pygmalion staunt. Er traut seiner Freude noch nicht und fürchtet, er täusche sich. Wieder und wieder prüft der Liebende mit der Hand sein Wunschbild. Fleisch und Blut ist's; mit dem Daumen prüft er, wie es in den Adern pocht. [290] Da dankt der Held von Paphos der Venus mit Worten, die aus vollstem Herzen strömen, und preßt den Mund endlich auf wirkliche Lippen.

Das Mädchen hat den Kuß empfunden, sie ist errötet! Jetzt hebt sie scheu zu seinem Auge ihr Auge empor – und zugleich mit dem Himmel erblickt sie den Mann, der sie liebt. [295] Der Ehe, die sie gestiftet, steht die Göttin bei. Schon haben sich die Hörner des Mondes neunmal zur vollen Scheibe gerundet, da gebiert sie Paphos, nach der die Insel benannt ist.«

Ovid: Metamorphosen. Lat./Dt. Übers. und hrsg. von Michael Albrecht. Stuttgart: Reclam, 2010. S. 597–601.

7.2.2 Jüdische Sagen aus dem Prager Ghetto: *Die Erschaffung des Golem* (um 1580)

»Es war im Jahre 1580. Ein Geistlicher namens Taddäus, ein fanatischer Judenfeind, bemühte sich wieder, Frieden und Eintracht in Hader und Zwietracht zu verwandeln und neue abergläubische Blutbeschuldigungen hervorzurufen.

Rabbi Löw erfuhr dies rechtzeitig und richtete eine Traumfrage ›nach oben‹, mit welchen Mitteln er gegen den bösen Feind den Kampf aufnehmen solle.

Er erhielt folgende alphabetisch geordnete Antwort:

›Ata Bra Golem Dewuk Hachomer W'tigzar Zedim Chewel Torfe Jisrael.‹

›Du schaffe einen Golem aus Lehm und vernichte das gemeine Judenfressergesindel.‹

Rabbi Löw legte die Verschmelzung der Worte so aus, daß er mit den ihm vom Himmel eröffneten Buchstabenzahlen einen lebenden Körper aus Lehm erschaffen könne. Er ließ seinen Schwiegersohn Jizchak ben Simson und seinen Jünger, den Leviten[45] Jakob ben Chajim Sasson zu sich kommen und vertraute ihnen das Mysterium an, wie ein Golem geschaffen werden könne: ›Ich beanspruche Eure Mitarbeit deshalb, weil zu dieser Schöpfung vier Elemente nötig sind: Du, Jizchak, bist das Element Feuer, Du, Jakob, das Wasser, ich selbst bin Luft, wir werden miteinander aus dem vierten Element Erde den Golem schaffen.‹

Er belehrte sie nun aufs Genaueste, wie sie sich vorerst durch tiefe ernste Buße heiligen und reinigen müßten, um zu dem großen Werk der Schöpfung eines Scheinmenschen vorbereitet zu sein.

Am festgesetzten Tag begaben sich die drei Männer nach Mitternacht in die Mikwe (das rituelle Tauchbad), tauchten diesmal mit besonderer Andacht unter, gingen dann wortlos nach Hause, wo sie Chazot, die Mitternachtsklage um Jerusalem, verrichteten und die dazugehörigen Psalmen beteten. Schließlich begaben sie sich vor die Stadt zum Ufer der Moldau. Dort suchten sie nach einer Lehmstelle und machten sich gleich an die Arbeit.

Bei Fackelschein und unter Psalmengebeten begann die Arbeit mit fiebernder Eile. Sie formten aus Lehm die Gestalt eines Menschen in der Länge und drei Ellen mit allen Gliedern. Der Golem lag vor ihnen mit dem Antlitz gegen den Himmel.

Die drei Männer stellten sich dann zu seinen Füßen, so daß sie ihm genau ins Gesicht schauen konnten.

Er lag wie ein toter Körper, ohne jede Regung.

Nun befahl Rabbi Löw dem Priester Jizchak sieben Rundgänge, von rechts beginnend, um den Lehmkörper zu machen, wobei er ihm die Zirufim, die Verschmelzung der Worte anvertraute, die er dabei zu sprechen hatte. Als das geschehen war, ward der Lehmkörper feuerrot.

Und Rabbi Löw befahl dem Leviten Jakob ebensoviele Rundgänge, von rechts beginnend, zu machen, bedeutete auch ihm die für sein Element bestimmten Zirufim. Als dieser seine Aufgabe beendet hatte, erlosch die Feuerröte, und es strömte Wasser in den

45 Nach Levi, Sohn von Jakob und Lea, benannter israelitischer Stamm (Altes Testament)

Lehmkörper; es sproßen Haare auf dem Haupte und Nägel an den Fingern und an den Zehen.

Nun machte Rabbi Löw selbst den Rundgang, legte dem Lehmkörper ein aus Pergament geschriebenes Schem[46] in den Mund und, nach Osten und Westen, Süden und Norden sich neigend, sprachen sie alle drei gleichzeitig die Worte: ›Und er blies ihm den lebendigen Odem in seine Nase und also ward der Mensch ein lebendiges Wesen.‹

Und die drei Elemente Feuer, Wasser und Luft bewirkten, daß das vierte Element Erde lebendig wurde. Der Golem öffnete die Augen und schaute wie staunend um sich.

Und Rabbi Löw sprach zu ihm: ›Stehe auf deinen Beinen!‹ Und er stand auf.

Dann bekleideten sie ihn mit den Gewändern eines Schammes, und er ward bald wie ein gewöhnlicher Mensch. Allein es fehlte ihm das Sprachvermögen. Das aber zeigte sich später als Vorteil.«

Die Erschaffung des Golem. In: Der Prager Golem. Jüdische Erzählungen aus dem Ghetto. Hrsg. von Harald Salfillner. Prag: Vitalis, 2007. S. 45 f. –

7.2.3 Johann Wolfgang Goethe, *Faust II*: »Laboratorium«

»WAGNER *am Herde.*
Die Glocke tönt, die fürchterliche,
Durchschauert die berußten Mauern.
Nicht länger kann das Ungewisse
Der ernstesten Erwartung dauern.
Schon hellen sich die Finsternisse;
Schon in der innersten Phiole
Erglüht es wie lebendige Kohle;
Ja wie der herrlichste Karfunkel,
Verstrahlend Blitze durch das Dunkel;
Ein helles weißes Licht erscheint!
O daß ich's diesmal nicht verliere! –
Ach Gott! was rasselt an der Thüre?
MEPHISTOPHELES *eintretend.*
Willkommen! es ist gut gemeint.

46 Schem: von Schema – Name. Gemeint ist damit der Name Gottes.

WAGNER *ängstlich.*
Willkommen! zu dem Stern der Stunde.
Leise. Doch haltet Wort und Athem fest im Munde,
Ein herrlich Werk ist gleich zu Stand gebracht.
MEPHISTOPHELES *leiser.*
Was giebt es denn?
WAGNER *leiser.* Es wird ein Mensch gemacht.
MEPHISTOPHELES.
Ein Mensch? Und welch verliebtes Paar
Habt ihr in's Rauchloch eingeschloßen?
WAGNER.
Behüte Gott! wie sonst das Zeugen Mode war
Erklären wir für eitel Possen.
Der zarte Punct aus dem das Leben sprang,
Die holde Kraft die aus dem Innern drang
Und nahm und gab, bestimmt sich selbst zu zeichnen,
Erst Nächstes, dann sich Fremdes anzueignen,
Die ist von ihrer Würde nun entsetzt[47];
Wenn sich das Thier noch weiter dran ergötzt,
So muß der Mensch mit seinen großen Gaben
Doch künftig höhern, höhern Ursprung haben.
Zum Herd gewendet.
Es leuchtet! seht! – Nun läßt sich wirklich hoffen
Daß, wenn wir aus viel hundert Stoffen,
Durch Mischung, denn auf Mischung kommt es an,
Den Menschenstoff gemächlich componiren,
[...]
Das Glas erklingt von lieblicher Gewalt,
Es trübt, es klärt sich; also muß es werden!
Ich seh' in zierlicher Gestalt
Ein artig Männlein sich gebärden.
Was wollen wir, was will die Welt nun mehr?
Denn das Geheimniß liegt am Tage.
Gebt diesem Laute nur Gehör,
Er wird zur Stimme, wird zur Sprache.
HOMUNKULUS *in der Phiole zu Wagner.*
Nun, Väterchen! wie stehts? es war kein Scherz.
Komm, drücke mich recht zärtlich an dein Herz,

47 hier: freigestellt

Doch nicht zu fest, damit das Glas nicht springe.
Das ist die Eigenschaft der Dinge:
Natürlichem genügt das Weltall kaum,
Was künstlich ist, verlangt geschloßnen Raum.«

J. W. G.: Faust. Zweyter Theil. Studienausgabe. Hrsg. und. komm. von Ulrich Gaier. Stuttgart: Reclam, 2011. (Reclams Universal-Bibliothek. 18901.) S. 82–84.

8.1 Peter Bekes: »›Nachtstücke‹ als Kontrastbilder zur Welt des Rationalen und Nützlichen« (2005)

»Die Folie von Hoffmanns *Nachtstücken* ist allerdings der Alltag mit seinen Gewohnheitsmechanismen und dem Nützlichkeitsdenken der Menschen, die ihm verhaftet sind. In diese Welt der Normalität, des häufig Saturiert[48]-Bürgerlichen brechen unvermittelt dunkle Mächte ein; in ihr ereignen sich unerhörte Begebenheiten, die das Vertraute plötzlich fremd erscheinen lassen, die Mit-Handelnden und den Betrachter verwirren oder bestürzen. Mit den herkömmlichen Mitteln des Verstandes können diese überraschenden Wendungen und grotesken Einbrüche nicht mehr eingeordnet, geschweige denn in sinnvoller Weise auf einen Begriff gebracht werden. Im Gegenteil, die Vernunft ist, mit den Worten Freuds, noch nicht einmal mehr ›Herr im eigenen Hause‹. In der Erzählung wird der Leser mit abgründigen Innenwelten, mit rätselhaften Seiten der menschlichen Psyche konfrontiert, die er nicht zu rationalisieren vermag. ›Ihre Unverwechselbarkeit als romantisches Nachtstück erhält Hoffmanns Erzählung erst durch die Erweiterung der geläufigen Nachtszenerie um ein psychologisches Profil. Erst der Blick auf die Nachtseite der menschlichen Seele und eine von der frühen Romantik entwickelte Sensibilität für die Abgründe des Unbewussten schafft jenen Bestand an Reflexivität und Undurchdringlichkeit, der für Hoffmanns *Sandmann* charakteristisch ist.‹ (Detlef Kremer, *E.T.A. Hoffmann. Erzählungen und Romane*, Berlin 1999, S. 67)«

Peter Bekes: Lektüreschlüssel. E.T.A. Hoffmann. Der Sandmann. Stuttgart: Reclam, 2005 [u.ö.]. (Reclams Universal-Bibliothek. 15354.) S. 36 f.

8.2 Gerhard Neumann: »... verhängnisvolles Spiel ... zwischen Unbewusstem und Bewusstsein« (2001)

Während die Aufklärung davon ausging, dass die Individualität des Menschen sich in einer vernunftorientierten Interaktion von Denken, Sprechen und Wahrnehmen ausforme, zeigt Hoffmanns Erzäh-

48 übersatt, gleichgültig

Abb. 8: Anfangsvignette zu *Nußknacker und Mäusekönig*. Kolorierter Stich nach einer Zeichnung Hoffmanns, 1816

lung den Menschen als Konfliktwesen, »das zwischen Bewusstsein und Unbewusstem, zwischen kindlicher Urszene und Augen-Blick der aufgeklärten Gegenwart unlösbar eingespannt erscheint«. Mit dieser »Entdeckung des Unheimlichen im Ursprung des menschlichen Subjekts« lieferte er Sigmund Freud die literarische Vorlage für dessen Aufsatz *Das Unheimliche* (1919). Danach ist das »Unheimliche« ein aus dem eigenen Bewusstsein und dem tolerierten Raum der Gesellschaft Verdrängtes, das durch einen zufälligen Anlass erneut ins Bewusstsein getreten ist und nun als eine befremdende Verunsicherung erscheint, obwohl es als das verdrängte Eigene zugleich ein zutiefst und heimlich Vertrautes ist.

»Aus der unberechenbaren und zuletzt undarstellbaren Verwindung von Bewußtsein und Unbewußtem – durch die unheimliche Wiederkehr des Verdrängten – und aus der parallel geführten Verwindung von Schärfung und gleichzeitiger Trübung des Blicks auf die Welt – durch die optischen Geräte – erscheint das Jetzt des Helden fortgesetzt und auf zerstörerische Weise an das Damals geknüpft; die Oberfläche seines Erlebens an die bedrohliche und zerstörerische Tiefe gebunden. Damit stürzt Hoffmanns *Sandmann* die Vorstellung von der aufklärerischen Wahrnehmung der Welt definitiv um; und zwar aus der Einsicht, daß menschliches Erkennen, durch die Wahrnehmung mit dem Auge ausgelöst, nicht dem Bewußtsein allein korreliert[49] ist, sondern vielmehr aus dem Konflikt zwischen Bewußtsein und Unbewußtem erwächst. Der Schauplatz, auf dem dieser Konflikt ausgetragen wird, ist der des Traums – und zwar in seiner Verortung im ›Idyll‹ der Familie. Es ist ein Schauplatz des Imaginären[50], ein Schauplatz der Bilder, ihrer Bildung und Defiguration, ihrer Gestaltung und Entstaltung. Man könnte auch sagen, daß der Traum, wie die Romantiker ihn zu begreifen beginnen, erst jenen Code bereitstellt, der zwischen Unbewußtem und Bewußtsein vermittelt. Diese Vermittlung kann freilich nicht gradlinig und ›progressiv[51]‹ aufgefaßt werden, sondern muß, wie Freuds Wahrnehmungsarchäologie gezeigt hat, als konflikthaft gedacht werden. Sie erfolgt nicht umstandslos referentiell[52], sondern nimmt – in Verschiebung und Verdichtung[53] – wechselnde und verformende Gestalt an. Hoffmann hat dieses Geschehen wohl als erster erbarmungs- und illusionslos als literarische Szene entworfen. Mit dem Mythos vom Sandmann, der bei der Wahrnehmung der Welt durch das Subjekt sein verhängnisvolles Spiel im Feld zwischen Unbewußtem

49 (mit) … zusammenhängt
50 des Vorgestellten, Eingebildeten
51 hier: zu einem klaren Ziel vorausschreitend
52 in eindeutigen 1 : 1-Bezügen
53 Nach Freud zwei Grundtätigkeiten des Unbewussten etwa im Traum: Der Inhalt wird auf einen anderen Inhalt übertragen und verformt bzw. verändert.

und Bewußtsein zu spielen beginnt und dadurch über Glanz und Elend der Identitätskarriere des Subjekts entscheidet, hat das Individuum der Moderne seine neue Signatur[54] gefunden. Der Traum mit seinen Bildern und Gestalten – das zeigt Hoffmanns *Sandmann*-Novelle – organisiert jene beiden genannten Konflikte zwischen Oberfläche und Tiefe, zwischen Gegenwart und Vorgeschichte, aus denen die Sozialisation des Kindes in der Familie, die Bildung des erwachsenen Subjekts hervortreten soll. Zwischen Tiefe und Oberfläche spielt sich der Konflikt von Wunsch und Zensur ab, zwischen Vorgeschichte und Gegenwart derjenige von Urszene und Neurose – der Konflikt des Traumas. Erinnern und Wiederholen sind die beiden psychischen Dynamiken, in denen dieser Konflikt ›durchgearbeitet‹ wird. Hoffmanns *Sandmann* bietet beides in beispielhafter Deutlichkeit auf: Erinnerung und Wiederholung erscheinen als jene beiden Kräfte, die in der Identitätskarriere des Protagonisten ihre Wirkung entfalten, diesen zuletzt aber nicht in das Idyll der Familie, sondern in die Korrosionswelt des Wahnsinns führen.«

Gerhard Neumann: E. T. A. Hoffmann, *Der Sandmann.* In: Meisterwerke der Literatur. Von Homer bis Musil. Hrsg. von Reinhard Brandt. Leipzig: Reclam, 2001. S. 216–219. –

54 hier: seine Ausformung

Abb. 9: Francisco Goya, Blatt Nr. 43 aus den *Caprichos*, einer 1799 veröffentlichten Sammlung von 80 Radierungen: *El sueno de la razon produce monstruos – Der Schlaf der Vernunft gebiert Ungeheuer*, 1797. Während bei Goya ein friedliches Aufwachen aus dem Traum und damit eine befreiende Distanzierung noch möglich erscheint, bleibt bei Hoffmann der Mensch unentwirrbar im Konflikt zwischen Bewusstsein und Unbewusstem stecken und steht damit »für immer im Zeichen drohenden Irrsinns« (Gerhard Neumann).

9. Literaturhinweise

Bekes, Peter: Lektüreschlüssel für Schülerinnen und Schüler. E.T.A. Hoffmann, Der Sandmann. Stuttgart 2005. (Reclams Universal-Bibliothek. 15354.)

Drux, Rudolf: Erläuterungen und Dokumente. E.T.A. Hoffmann, Der Sandmann. Bibliogr. und in Kap. III,2 erg. Ausg. Stuttgart 2003. [[1]1994.] (Reclams Universal-Bibliothek. 8199.)

– Frankenstein oder der Mythos vom künstlichen Menschen und seinem Schöpfer. In: Der Frankenstein-Komplex. Kulturgeschichtliche Aspekte des Traums vom künstlichen Menschen. Hrsg. von R. D. Frankfurt a. M. 1999.

Günzel, Klaus (Hrsg.): E.T.A. Hoffmann. Leben und Werk in Briefen, Selbstzeugnissen und Zeitdokumenten. Berlin [2]1978.

Koebner, Thomas: E.T.A. Hoffmann, Der Sandmann. In: Interpretationen. Erzählungen und Novellen des 19. Jahrhunderts. Bd. 1. Stuttgart 1988. (Reclams Universal-Bibliothek. 8413.) S. 257–307.

Neumann, Gerhard: E.T.A. Hoffmann, Der Sandmann. In: Meisterwerke der Literatur. Von Homer bis Musil. Hrsg. von Reinhard Brandt. Leipzig 2001. S. 185–226.

Nipperdey, Thomas: Deutsche Geschichte 1800 bis 1866. Bürgerwelt und starker Staat. München [5]1991.

Safranski, Rüdiger: E.T.A. Hoffmann. Das Leben eines skeptischen Phantasten. München/Wien 1984.

– Romantik. Eine deutsche Affäre. München 2007.

Saße, Günter: Der Sandmann. Kommunikative Isolation und narzisstische Selbstverfallenheit. In: Interpretationen. E.T.A. Hoffmann. Romane und Erzählungen. Hrsg. von G. S. Stuttgart 2004. (Reclams Universal-Bibliothek. 17526.) S. 96–116.

Steinecke, Hartmut: E.T.A. Hoffmann. Stuttgart 1997. (Reclams Universal-Bibliothek. 17605.)

Inhalt